讀小說
Reading Novel

能面檢察官的奮起

中山七里

瑞昇文化

一、不允許違法

1

惣領美晴走出福島站一號出口，伸了個大大的懶腰。一月四日，世人還沉浸在過年的氣氛裡，但今天要開工的公務員都跟美晴一樣要前往職場。

朝南走五分鐘，大阪中之島合同廳舍就映入眼簾。正確的位置其實算是堂島，但相關人員都稱其為「中之島」。廳舍裡滿是與法務省有關的單位，美晴上班的地方——大阪地方檢察廳也在其中。

美晴是指派給檢察官的事務官。

即便是熟悉的廳舍入口，開工第一天看在眼中也很新鮮。美晴做了個深呼吸後，從正面玄關走進去。

被大阪地檢錄取為檢察事務官是去年的事。不過，美晴可不打算一直當個事務官。成為二級檢察事務官，經過三年就能參加考試，晉升為副檢察官。當上副檢察官後再通過考試就能成為檢察官。立志成為檢察官的美晴就連新年參拜時也不忘祈求自己能累積更多的實戰經驗。

她搭著電梯直達檢察廳的樓層，然後在走廊遇見事務局總務課的仁科睦美。

「惣領小姐，新年快樂呀！」

仁科看到美晴，立刻揮著手跑過來。儘管貴為課長，卻與美晴可以說是過分親暱，除了雙方都是檢察廳為數不多的女性職員外，主要還是本人的性格使然。

「新年快樂。今年也請多多指教。」

「好的，祝妳今年順利……話說回來，明明新的一年才剛開始，還真羨慕妳啊，惣領小姐。」

「羨慕我什麼？」

「妳的表情啊，已經充滿幹勁了。真想給還沉浸在過年氣氛的其他職員看看。不，幾乎想讓人把它裱起來，掛在正面玄關大門口。」

想像那個畫面，美晴不禁感到不寒而慄。再也沒有比這個更羞恥的事了。

「今年也是一邁入新年就發生令人頭痛的事，所以妳也不得不打起精神吧。」

在事務局任職是一回事，但仁科真的是順風耳。美晴認為再也沒有比仁科更了解檢察廳的人了。廳內的人事安排當然不用說，就連檢察官之間的勾心鬥角或針鋒相對都能知之甚詳的大概就只有她了吧。

「什麼頭痛的事？」

「我剛才見到榊檢察官了，雖然互道新年快樂，但絲毫沒有快樂的氣氛。」

榊宗春的職位是次席檢察官，是大阪地檢名符其實的第二把交椅。成為次席檢察官後就不用再承辦案件，也不用再站在法庭上，相對的是必須輔佐檢察長。倘若發生重大案件就必須在記者會發言，可以說是地檢的代言人。

「最近次席檢察官好像也開始把心裡的想法表現在臉上了，但大過年的還是不太可能露出那種表情。至少他不是會把私生活的問題帶到職場上的人，所以肯定是廳內發生了麻煩事。」

「光是一個表情就被分析成這樣也太慘了。」

聽到美晴這麼說，仁科以不敢苟同的表情看著她。

「那是因為妳的上司是不破檢察官，才會覺得事不關己。畢竟要從那張臉上解讀出任何訊息都是不可能的任務。」

仁科說得一點也沒錯。在不破檢察官手下工作已經快九個月了，美晴還是完全猜不透他在想什麼。

「至於我為什麼要告訴妳次席檢察官的心情好壞，還不是因為萬一真的發生什麼棘手的事，很可能要由不破檢察官出馬解決。」

「原來是這樣啊。」

「平常就因為能幹或是才華什麼的引起注意的人，這種時候特別容易被當成棋子利用喔。」

美晴與仁科別過後，便加快腳步走向不破的辦公室。一敲門，裡頭果然傳來了回應聲。

「新年恭喜。今年也請多多指教！」

「請多指教。」

美晴鼓起勇氣向不破拜年，但對方卻只瞥了自己一眼，視線就立刻回到眼前的電腦螢幕。美晴心想自己無非是為了表現進入新年的工作士氣，不破至少也稍微配合一下嘛。但不破之所以是不破，就是他完完全全都不會被他人的事情給左右。

不破俊太郎。大阪地方檢察廳承辦檢察官。有人說他是大阪地檢的王牌，但不破本人絲毫沒有給人高傲或自滿的感覺。負責掌管表情的肌肉動也不動，頂多就是眼神流轉，活像個盯著試管看的研究員。

這種面無表情在不破身上也是一種武器。嫌疑人就不用說了，所有與他對峙的人再怎麼恐嚇他、哀求他也無法打亂不破的節奏，最後只會自取滅亡。這也是口無遮攔的人為他冠上「能面檢察官」這個稱號的由來。

去年的送檢證物遺失事件引發了軒然大波，導致不破與全體大阪府警為敵。檢警雙方原本應該得是合作無間的關係，引起警方的仇視對檢方而言沒有任何好處，因此不破想必遭受到許多有形無形的壓力，但不破依然面無表情地堅持自己的作風。檢察官是獨立的司法機關——不破充分體現了這句亙古名言，令美晴佩服得五體投地。雖然還是那麼難以親近，但是在這個男人底下工作，肯定可以學到很多東西。

檢察事務官的工作是整理送檢案件的資料、管理證物、書狀的聲請及執行等相關事務，內容可謂五花八門。其中甚至還有某些檢察官會連自己的行程也丟給事務官管理，慶幸的是美晴並沒有碰到這樣的情況。比什麼都重要的是，待在不破手下，絕不會遇到性騷擾或職場霸凌的問題。話說回來，因為是執掌司法的組織，就算真的有騷擾的事實也不容易浮上檯面。儘管如此，美晴仍不時聽到這方面的耳語，表示也不是完全沒有。在這一點上，不破近乎潔癖。當然也有人指責他八風吹不動的面無表情也是一種職場霸凌就是了。

嗯，自己差不多也該開始工作了。美晴立刻檢查送檢的新案件，但同一時間不免也在意起仁科剛才提到的「頭痛事」。

說到組織內令人頭痛的事，大抵都是些亂七八糟的糾紛。而且能讓次席檢察官皺眉頭的事，不難想像是規模很大的糾紛。

既然已經種下在意的種子，不問清楚可就不像美晴了。

「檢察官，是不是發生了什麼事？」

美晴也覺得這個問題沒頭沒腦，但幸好問的對象是不破。他只是一以貫之地把那張能面轉向自己。

「妳指什麼？」

「我聽到小道消息，說廳內好像發生了什麼令人頭疼的案件。我想說不破檢察官應該會知道些什麼。」

「不知道。」

自討沒趣就是這麼回事。既然與自己所屬的組織有關，就不能有一點好奇心嗎？但不破說得不容置疑，連眉峰都不挑一下。明知只是白費力氣，美晴仍耐著性子再問一遍。

「聽說還驚動了榊次席檢察官。」

「我可沒空陪妳道聽塗說。」

這也是意料之中的反應。因為反應太過冷淡，反而讓人覺得神清氣爽。

「如果妳時間很多的話，我是不介意再派給妳別的工作。」

「不，不用了。我的工作已經太多了。」

「把用來說話的熱量用在別的地方會更有效率喔。」

才剛開始工作，要是一下子就搞到過勞的話就好笑了。不，如果能一笑置之還好一點。美晴閉上嘴巴，專心處理證物的受理作業。

即便是暫時被忘卻的事情，一旦在意起來，如果不弄個水落石出，就會時時刻刻占據在腦海中的一角。這也是美晴的壞習慣，但是她都用「好奇心旺盛」來偷換概念，正當化自己的行為。

美晴利用中午休息時間上網搜尋可能與大阪地檢有關的案件。不過其實並不用這麼大費周章，目前以大阪為舞台的案子就只有一件。

近畿財務局的職員傳出與出售岸和田國有地有關的收賄疑雲。事情要回追到去年的五月。學校法人荻山學園買下了岸和田的國有地，要作為預定於新年度開始招生的小學用地。蓋新學校這件事本身沒有任何問題，問題是出在當時買下土地的價格。因為購入的價格就連評價額的四成都不到。

本來持有國有地的目的就不是用來買賣。出售國有地等於是賣掉國家的財產，自然要慎重評估，因此買賣國有地時，是否真有公益上的需求及申請的過程合不合法就會受到相當嚴格的審視。以荻山學園為例，雖說是私立學校，但是單就蓋小學這件事而言，還算是符合公共需求。只是申請書上刊載的買進價格低到令人瞠目結舌。雖然最初提出這個疑點的是地方報紙，但由於本案的公益性質與買進價格太不透明，進而引起國民的關注，導致其他的報社也陸續跟進，最後發展成重大的社會問題。

國有地的買賣是由隸屬於各財務局管財部的國有財產調整官負責。地方報暗指荻山學園與負責審理的國有財產調整官可能存在某些利益輸送的關係，目前其他報社正為了蒐證而忙著四處奔走。

倘若疑點屬實，就不只是調整官個人的問題了，而是將整個近畿財務局都一起捲進來的重大醜聞。所以大阪地檢展開調查也只是時間上的問題而已。

仁科口中的「頭痛事」除此之外沒有別的可能性。只不過，就算大阪地檢正式展開調查，很可能是由特搜部來專職負責，因此無論如何都與單位不同的不破沒有直接關係。那麼，仁科的擔心會只是杞人憂天，還是會成為大阪地檢的工作呢——簡直像是期待自己人發生不幸嘛，意識到這點的美晴滿心愧疚地把思緒拉回到自己的工作上。

出售國有地一事在兩天後有了新的進展。某報社拔得頭籌，搶到現任國會議員疑似為出售案進行關說的獨家新聞。

遭指控涉入本案的是從大阪十八區選出的兵馬三郎眾議院議員。他是當選過四次的老將，也是財務省的族議員❶。之所以會受到懷疑，是基於荻山學園的理事長是他的後援會成員，以及本人就出身自近畿財務局這兩個事實。因為關係圖極為簡單明瞭，其他報紙也一窩蜂地爭相報導這件事。

只不過，即便報導得再繪聲繪影，依舊只是捕風捉影的程度。至於事實如何，美晴自己也無從分辨。所以想當然耳得去找仁科打探打探消息。

要講傳聞流言的時候，仁科幾乎都會選在吸菸區。儘管她們都不抽菸，但這個角落總是人

❶熟稔特定政策領域，為維護相關業界與利益團體而對政府有關單位的運作以及政策的立案、實施等層面具有強大影響力的議員。

煙稀少，是最適合保守祕密的距離。

「我們家的特搜部已經出動了。」

這也在美晴的預料之內，畢竟地檢不可能放過報社掌握到的情報。暗中偵察通常要花上幾個月或幾年，直到可以立案的那一刻，地檢的偵察才會浮上檯面，以免給嫌犯湮滅證據的時間。一旦媒體開始報導，就表示證據基本上都已經蒐集齊全了。

「如果只有理事長與國有財產調整官參與出售國有地的弊案，問題就還算單純。倘若連國會議員都涉入其中的話事情就大條了。這下子總算能理解次席檢察官臉色大變的原因。」

「因為兵馬三郎這個人很有名嘛。」

「他並不是普通的族議員，還是審議會的成員。聽說想推舉他當下一任副大臣的聲浪也很高。對手是這種有頭有臉的大人物，難怪特搜部要卯足全力。更何況，如果能一舉證實兵馬議員確實有涉案，還能為特搜部扳回一點面子。」

光是聽到「扳回一點面子」這句話，美晴就知道仁科想說什麼了。

發生於二〇一〇年九月的大阪地檢特搜部主任檢察官竄改證據一案，被視為是檢察史上最大的弊案。主任檢察官及前特搜部長、前副部長被捕，檢察總長也請辭下台。正所謂好事不出門、壞事傳千里，大阪地檢的聲望因而一落千丈。案發至今已經過了好幾年，可是大阪地檢還是沒有從受到的重創中完全恢復過來，大阪市民也依舊對地檢充滿強烈的不信任感。這個案子儼然給大阪地檢留下了心靈創傷。

「畢竟捅出了那麼大的簍子，光是爭取一點零星的分數無法收復失土。除非是像這次這種現任國會議員收受賄賂或是有嚴重背信的行為，並將其繩之以法。」

「如果能逮捕現任國會議員兼下任副大臣的有力人選，那可真是大功一件。」

「沒錯。所以必須更加慎重行事。特搜部無疑會派手腕高明的人才出馬，惣領小姐妳也不能樂呵呵地在一旁看戲喔。」

「咦。為什麼？不破檢察官又不是特搜部的人。」

美晴說道。仁科一臉被她打敗似地搖了搖頭。

「怎麼，我還以為妳是察覺到什麼了才會跑來找我打聽消息。」

「不，我只是因為這個案子是以大阪地檢為舞台才感興趣的。」

「我說妳呀，發生過那起竄改事件，特搜部已經不容許再出錯了。從特搜部長到檢察長應該都會以萬全的排兵布陣來調查這件事吧。不只特搜部目前的陣容，肯定也會無所不用其極地徵召援軍。妳認為在這種情況下，他們會無視不破檢察官這步好棋嗎？」

「啊！」美晴不由得驚呼。

「特搜部什麼時候來找人都不奇怪。不破檢察官一旦受到徵召，身為事務官的惣領小姐還能不跟著去嗎。我勸妳不要樂呵呵地在一旁看戲就是這個意思。」

自己和不破一起去協助特搜部。

那一瞬間，各種美好的想像在美晴腦海中綻開，不過美晴隨即打消念頭。就算去了特搜部，她的工作還是跟平常一樣，別奢望能有什麼特別的任務。

不僅如此，工作量大概會變成平常的一倍以上吧。

午休後，才剛處理完一個案子、回到辦公室，不破桌上的電話就響了。

「是，我是不破。不，現在還好……好的，我馬上過去。」

不破惜字如金地簡短回答，迅速地掛上電話。從他的反應來看應該是上頭打來的電話，不破就連這種電話都不願意多說兩句。

「次席找我過去，跟我來。」

「我也要去嗎？」

「他並沒有說別帶事務官去。」

剛剛才與仁科聊過，所以榊找不破過去的理由也不難想像了。明明不是叫自己過去，但美晴卻非常緊張。

榊似乎早已料到不破會帶上美晴，看到美晴並沒有太不高興的表情。

「你打算讓事務官當證人嗎？」

「只要沒有特別的事由，我都會讓她隨行。」

榊說得一點也沒錯。不破很討厭與地檢相關的人密談，更討厭從事不留下紀錄的交易，所以事無鉅細都習慣讓美晴同行，順便當人證。對方也會因為美晴在場而感到心虛，不好意思提出太過分的要求。簡言之，美晴的存在就相當於一台人體錄音機。

「嗯，倒是無妨。話說回來，關於岸和田的國有地出售案，你知道多少？」

「我只知道新聞報導裡提到的範圍。」

「我們的特搜部動起來了。」

「這我也略有耳聞。」

仁科和美晴都知道的事，不破當然不可能一無所知。只是無從揣測他的消息是從哪裡來的。

「那我可以直接切入正題了。由於冒出了兵馬議員涉案的風聲，收賄範圍有擴大的趨勢。一個搞不好，不光是近畿財務局，還會延燒到財務省、連財務大臣都難以倖免，演變成重大案件。」

榊的語氣聽起來很緊張。

美晴也同樣緊張。從仁科口中得知調查的矛頭已指向兵馬議員，但她做夢也沒想到火勢還會繼續往上延燒。

現任的財務大臣黑鐵巖夫被喻為真垣總理的左右手，地位相當於副總理。如今這麼一位副總理捲進了收賄疑雲，萬一不小心淪為階下囚的話，就連執政黨國民黨的政權運作都會一口氣亮起紅燈。

「我想你也很清楚，執政黨並非上下一條心。目前基於對真垣總理的向心力，支持率還算穩定，但說穿了也只是這樣而已。總理一旦失去左膀右臂，在野黨會立刻宣布倒閣，黨內也會出現要求真垣下台的聲浪。因為我們的搜查結果而引起政局大地震的可能性絕對不小。」

美晴站在不破身後聽著這一切，感覺自己的心臟跳得好快。這次不是要調查市井小民的犯罪，而是要彈劾國政層次的弊案。自從被大阪地檢錄取後，曾經浮現在腦海中無數次的夢想終於要實現了。現在要她別激動才是強人所難。

「正因為可能性不低，必須要比平常更慎重且迅速地偵辦。也需要增派人手，所以特搜部長就來找我問問。」

來了。

「不破檢察官。你願意在這段期間去特搜部承辦這個案子嗎？」

「這不是命令對嗎。」

這是地檢內部的調度，不構成人事問題。光靠次席檢察官的權限就能搞定。

「不瞞你說，是特搜部長指名你的。因為不破檢察官偵辦上次的搜查資料遺失案件幾乎是在孤軍奮戰，儘管如此還是留下輝煌的成果。特搜部長非常賞識你的能力。只是拜你的活躍所賜，我們曾經有段時間跟大阪府警處於幾乎無法合作的狀態。」

這就是傳說中的恩威並施嗎。絕不讓對方得意忘形是榊慣用的手法。但他的對手可是擁有能面稱號的不破。無論是受到吹捧還是貶低，都看不出他的表情有任何變化。榊也熟知不破的個性，所以顯然並不在意。

「只是不破檢察官也有自己的工作要做吧。我不希望你為了支援特搜部而影響到本來該處理的案件進度。當然，也可以把你現在承辦的案件交給其他檢察官，但如果不先問過不破檢察官的意見，對你也不好交代。所以我就直接跟你確認了，你願意把目前手邊負責的案件交給別人，去支援特搜部嗎？」

榊掂量似地觀察不破的表情。

「雖然也有人持反對意見，但特搜部確實是檢察廳的門面。只要在那裡做出一番成績，就能獲得應有的評價，也能加快升遷的速度。我個人認為對你沒有壞處，但不知不破檢察官有什麼想法。」

「如果可以選擇的話，我拒絕。」

不破毫不猶豫地回答。

回答得太快太果決，饒是榊也有些怔忡。

「回答得好快啊。有什麼特別的原因嗎？」

「因為我光是要處理現在手頭上的案件就已經分身乏術了。」

「那些案件可以交給其他檢察官。」

「我現在手邊有四十二個案子，而且特搜部的案件說穿了也只是其中之一。」

「重要性不一樣。」

「重要性是對誰而言？」

「當然是對全體市民。」

「四十二個案件裡面，有被騙走重要財產的老人，還有五歲稚子遭殺害的父母。他們也是不折不扣的市民。」

「國會議員貪污與市井小民的案子完全不能比。事到如今就別再講那種乳臭未乾的話了。」

「我不知道乳臭未乾的話是什麼樣的話，我只看到一張張含冤莫白的臉。」

榊瞪著不破看了好一會兒。在美晴看來，那是充滿恫嚇與探究真意的眼神。

想必榊一路走來已經深諳如何一眼看穿對方的真意，將對方把玩於股掌之間。只要能分辨場面話與真心話，就能任意擺布對方。

可是對手是不破的話就真的無計可施了。因為看不清他心裡在想些什麼，就無法隨心所欲地操縱他。而且不破相當優秀，所以也不能隨便施加壓力。對於上司而言，大概再也沒有比不破更難掌握的部下了。

一段時間過去，榊的視線從不破身上移開。

「我會轉告你的回答。」

「我告辭了。」

就連臨別之際都沒有絲毫猶豫。再怎麼天不怕、地不怕，膽子大到這個程度也算是前無古人。

美晴在走廊上追上不破，發現內心同時有個大呼快哉的自己與大失所望的自己。與特搜部的工作失之交臂固然可惜，但不破的不卑不亢卻也讓她引以為傲。然而另一方面，她又忍不住想問個不懷好意的問題。

「檢察官對特搜部的工作不感興趣嗎？」

不破沒回答。

「我並不是要肯定次席檢察官的話，但如果能在特搜部闖出一番成績來，確實能讓敵對陣營比較不敢明目張膽地搞破壞。」

不破還是沒回答。因為是意料之中的反應，美晴也完全沒有動氣。

「您不覺得如果能讓敵人安靜下來，將來也比較好做事嗎？」

接著，不破頭也不回地說：
「有沒有敵人都和我沒有關係。」
「但敵人確實會成為阻礙喔。」
「那又怎麼了嗎。」
這句話聽起來就像是「話題到此為止」的暗號，所以美晴也不再多嘴。

一月八日，大阪地檢特搜部著手調查國有地出售案一事正式見諸報端。或許是因為媒體對本案的報導極盡煽動之能事，市井間壓倒性地出現大呼過癮的聲浪。

地檢內部也存在對近畿財務局及兵馬議員的醜聞喜聞樂見的意見。總而言之，在媒體採訪的攻勢日益猛烈的同時，最近揭露承辦調整官安田啓輔與兵馬議員私生活的報導也在雜誌及八卦節目上討論得沸沸揚揚。還有人出面作證他們身為公務員卻過著窮奢極侈的生活，以及不把人當人看的言行舉止，不管是真是假，已經足以挑起人民的義憤與好奇心了。

然而另一方面，竟然沒有人抨擊以低價買下國有地的荻山學園，真是不可思議。這種傾向在大阪特別顯著，加上從以前就有仇視威權的風氣，民眾普遍認為是官僚和議員占盡好處。

更遑論兩人對事實認定的觀點大相逕庭。相較於安田調整官徹底否認收賄，荻山理事長則直截了當地承認確實有獻金的行為。

『該怎麼說呢，畢竟我可是要開辦小學的人啊，所以不能對小孩撒謊。各位知道國有地有多麼難買嗎？財務局管財部表面上積極地強調要賣掉國有地，但是在積極的弦外之音卻也暗示我們要盡可能開出高價。因為賣掉國有地的錢終歸是要收歸國有，當然是賣得愈貴愈好。可是盡可能出高價，跟可以的話最好不要賣掉根本是殊途同歸嘛。國有地的買賣絕非大家所想的那麼容易。清廉潔白根本派不上用場。所以才要靠金錢運作。就算是來路不那麼正當的錢，只要能用來開辦學校讓孩子們上課學習，就有其價值與意義了。這才是金錢在社會上流通的正確方法。』

儘管有常識的人都覺得荻山理事長這番開脫之詞簡直是鬼話連篇，但是聽在大部分市民耳中卻顯得有幾分道理。雙方給人的印象之所以天差地別，主要也是因為這個緣故。

『大阪地檢特搜部能重振往日雄風嗎？』

『目標是財務大臣嗎？』

『背負著市民的期待』

各大報的頭條皆十分聳動，鉅細靡遺地交代了連日來的偵辦進度。

九日，大阪地檢特搜部開始偵訊安田調整官。偵訊內容不外乎他與荻山理事長的私交、近畿財務局長有沒有做出什麼特別的指示，然後接下來當然是要追究他與兵馬議員的關係。

不愧是特搜部，每個人都對調查狀況守口如瓶，就連自認是順風耳的仁科也掌握不到詳細的消息。

「口風很緊呢。」

無法得到想要的情報，感覺仁科也有些沉不住氣了。

「不合理的買進價格無疑與安田調整官脫不了關係，但他的戶頭並沒有匯入巨款的蹤跡，即使檢察官逼問也表現出毫不屈服的樣子。」

「是由誰負責偵辦這個案子？」

「高峰主任檢察官。」

高峰仁誠。在大阪地檢可以說是無人不知、無人不曉的男子。他身形魁梧、長相凶惡，據說他去大阪府警拜訪時，不知情的刑警還以為他是搜查四課、通稱「丸暴❷」的刑警。如果不破是大阪地檢的王牌，高峰就是特搜部的希望之星。

「由高峰檢察官負責偵訊的話，俯首認罪只是時間的問題吧。」

「看過他那張臉的人都會這麼想吧。不破檢察官的能面與高峰檢察官的鬼面。如果讓這兩個人玩瞪眼遊戲，不知道誰會先笑出來呢。」

仁科撐在徒具形式的煙霧抽風器上開著玩笑，絲毫不在意午休時間所剩無幾。美晴心想這或許是當著事務局長的面不能肆無忌憚地聊天所累積的反作用力。

「……我完全無法想像那兩個人笑出來的樣子。」

「是不是？能連著好幾天與程度和不破檢察官勢均力敵的高峰檢察官大眼瞪小眼，都還不招供，安田的膽子到底有多大啊。」

「聽您這麼說，我倒是對這個嫌疑人有點感興趣呢。」

「啊，瞧妳又說得事不關己的。」

「因為不破檢察官已經斬釘截鐵地拒絕去支援特搜部了。」

「可不能因此就掉以輕心喔。」

仁科意味深長地露出笑容。

「不破檢察官確實很頑固，但次席檢察官也不是省油的燈。要是妳以為拒絕過一次他就會死心，那可就大錯特錯了。」

雖然仁科這麼說，但美晴還是不覺得不破會助特搜部一臂之力。榊會堅持到什麼地步並不清楚，但她比誰都了解不破有多麼頑固。因為實在知道得太清楚了，甚至讓人想要仰天長嘆。

然而，計畫趕不上變化。不破終究還是別無選擇地與特搜部扯上了關係，而且是以美晴萬萬也想不到的方式加入。

❷日文通常寫成「マル暴」或「マルB」，日本警界的暗語，多用來指稱負責偵辦指定暴力團案件的警視廳組織犯罪對策部（亦簡稱組對）或各道都府縣警察本部刑事部的搜查四課。因為業務屬性的關係，某些隸屬組對或四課的刑警通常都帶給人剽悍魁武、甚至不亞於正牌黑道的可怕印象。

2

一月十一日，即使開始偵辦已經過了兩天，聽說安田依舊拒絕招供。他只願意回答一些不痛不癢的問題，一扯到國有地出售，嘴巴立刻緊緊閉上。不清楚他是為了對誰效忠才守口如瓶的，但光是能承受高峰緊迫盯人的追問，就足以表示敬佩了。

不破結束另一個案子的檢察官訊問後，就全神貫注地在辦公室處理下一個案件。確認證物在法律上的有效性、警方筆錄的正當性、是否有矛盾之處。儘管將特搜部捲進去的風暴騷動愈演愈烈，不破始終保持置身事外的態度，一如既往地處理日常業務。心無旁騖的態度就像是精準的機械，即便到了現在還是看再多次都不會膩。托他的福，每天都能如期完成送檢的案件，分成起訴、不起訴，順利結案。

榊詢問不破支援特搜部的意願時，老實說，美晴的心情十分雀躍。她期待或許能看到與過去不同的光景、享受到更充實的成就感。所以當不破嚴正拒絕的瞬間，她確實感到有些失落。可是現在回想起來，不禁覺得那是極為正確的選擇。

十一日也是荻山理事長開始接受偵訊的日子。荻山孝明理事長抵達大阪地檢時，合同廳舍前擠滿了媒體，一時之間就連職員要進出都有困難。

荻山在特搜部又說了一遍他來應訊前就透露給媒體的證詞。

．在尋找小學建設預定地的過程中認識了安田調整官，針對申請的正當性及購買價格等問題向他尋求了許多建議。

．逐漸縮小預定地範圍，並與安田討論之後，選定位於岸和田市向山、現已買進的八千七百平方公尺物件。但即使投入荻山學園全部的資金，與評價額仍有相當大的差距。

．這時他想起以前助選過的兵馬議員，於是便向對方詢問能不能將該國有地的評價額「調整」至可以負擔的金額。

．經過一番迂迴曲折，該國有地出售案通過申請，開始興建小學。

以上是荻山供述的大致內容，但畢竟只是片面之詞，他本人絕非清白無辜。就算沒有說謊好了，對於最關鍵的行賄事實卻隻字不提。

徹底行使緘默權、部分認罪、全面認罪……自白的狀況因人而異，但是認罪九成、最後一成否認到底的狀況是最為棘手的。因為行使緘默權守住祕密的部分只有一點，卻要花費很多的時間及精神才能消磨嫌疑人的戰力。就連特搜部也沒料到他會有此一招，不禁萌生搞不好會比審訊安田的時候更難得手的預感。

十二日、如今連十三日也過去了，他們依舊無法從兩人口中問出決定性的線索。偵訊的時間是有規定的，一天不得超過八個小時，所以也不能進行太過嚴苛的問話。

高峰主任檢察官與兩位嫌疑人的攻防戰是最高機密，但如果毫無進展的話，還是會隱隱約約地傳開。這時消息最靈通的自然是仁科，由她轉述的攻防戰成了美晴飯後最期待的甜點。

「間接證據好像一應俱全喔。與設立小學有關的請願書及申請書、國有地的買賣合約，還有最重要的國有地出售相關決議書。聽說這些資料堆起來的高度超過三十公分。特搜部幾乎都看過了，可是如果沒有當事人的供述，站上法庭才被逆風翻盤的可能性也不是沒有。考慮到案情規模與世人矚目的程度，除非有百分之百的把握，否則很難下定決心起訴。明明第一回合已經擊倒對手兩次了，卻怎麼也拿不下第三次。」

仁科的語氣與拳擊的解說員沒兩樣。

「荻山理事長的死皮賴臉確實很難纏，但沒想到安田調整官也意外地不屈不撓呢。」

「這或許是最令高峰檢察官跌破眼鏡的地方吧。惣領小姐，妳見過安田調整官嗎？」

「只在電視上看過。沒見過本人。」

「印象怎麼樣？」

「每個班級裡大概都會有一個這樣的人。」

「嗯，看起來很陰沉，弱不禁風的優等生。」

說完這句話，仁科有些嬌羞地笑了。

「嗯，是我的菜。」

「欸？」

「別露出那麼驚訝的表情嘛。青菜蘿蔔，各有所好。再說了，一想到那種弱不禁風、彷彿被風一吹就會倒下的人竟然有辦法你來我往地跟活像反派摔角手的高峰檢察官打個平手，我的少女心都被激發出來了。」

「這就是所謂的反差萌嗎。」

「哇，做夢也沒想到會從妳口中聽到這個詞彙。可是啊，雖然這只是我放下自己的立場隨口胡說，但安田調整官的外表和內在完全是兩個人喔。當然一旦承認收賄，自己的官僚人生就會化為烏有，也難怪他打死不承認。不過即使是這樣還是很有骨氣呢。還以為最近的官僚都只是紙糊的老虎，所以令我大開眼界了。」

美晴不置可否地點頭，但是如同仁科這樣的感想還真不少。事務官裡面也有偷偷支持安田的人，美晴本身儘管不到為他加油的地步，但也很佩服他的堅持。同樣身為公務員，他確實犯下難以饒恕的重罪，可是在面對高峰的情況下還能撐這麼久，想必所有的人都始料未及。如果模仿仁科打的比方，就像是第一次打到第四回合的新人拳擊手與世界冠軍鏖戰到最後一秒。

在好奇心與罪惡感的驅使下與仁科閒話家常，真的是世界和平的美景。無論發生再重大的事件，只要別落到自己頭上，感覺都可以只作為一個觀眾。即使坐在第一排觀戰，頂多偶爾被擂台上飛過來的血花濺到，但是並不會危害到自己的身體。

然而，這種隔山觀虎鬥的閒情逸致並沒有持續太久。

這天下午，榊又把不破給找去了。

「這次是什麼事？不破檢察官明明這麼忙碌。」

不破沒有理會美晴的抱怨，逕自朝著次席檢察官的辦公室走去。推開門的同時，榊望向兩人的眼神滿是毫不掩飾的責難。

「我應該告訴過你，不要帶閒雜人等過來。」

「我請事務官同行的理由，先前也跟您報告過了。」

「接下來的對話不需要旁人作證。」

「既然如此，就更不必在意她的存在吧。」

「……如果這是你的一貫作風，那以後都不能推心置腹地談話了。」

「我不認為在組織裡能摒棄場面的言行說出真心話。」

榊輕輕嘆了口氣。

「你這個男人真的是打從骨子裡的頑固。」

「如果要在檢察廳工作，或許像我這樣的人會比較合適。」

「瞧你說的是什麼話，如果你不是自己人，我真的很想修理你呢。你的事務官可信任嗎？不會被錢打動嗎？不會被男人打動嗎？」

這段話太侮辱人了。美晴忍不住想回嘴，但不破比她更早做出反應。

「如果她這麼容易被打動，應該沒辦法在我手下撐過九個月吧。」

「好吧，既然你都這麼說了。請坐吧。」

不破依言坐在會客空間的沙發上。想當然耳，美晴只能直挺挺地站在他身後。每次面對這種待遇，都讓她深刻地感受到事務官不過是檢察官的附屬品。雖說已經適應了，但最近也不禁開始懷疑這些貶低算不算是隱形的職場權力霸凌。

「關於前幾天特搜部提出的邀請，就結論來說，你斷然拒絕是很明智的決定。」

「出了什麼事嗎？」

「特搜部被調查了。」

站在不破背後的美晴聽到這裡，一時反應不過來。

「開始偵辦後，發現有一部分的證物可能遭到竄改。」

「哇！」美晴忍不住發出怪聲，連忙捂住自己的嘴。自己似乎在不知不覺間張開了嘴巴。

「不只本次的案件，凡是具有證據效力的公文，基本上皆已扣押正本。問題是那些正本有明顯的竄改痕跡。」

「具體而言是哪些公文？」

「由近畿財務局製作的決議書。因為發現可能被竄改，所以立刻檢查了對方保管的影本，結果同一個地方果然遭到竄改。目前還不確定竄改的地方原本寫了什麼，但恐怕是能定罪的關鍵性字眼。」

「部分竄改嗎?還是整頁抽換?」

「這還用說嗎，當然是整頁抽換。所以一開始才沒有發現。」

「那又是因為什麼原因才發現的?」

「再單純不過了。因為只有抽換掉的部分紙質不一樣。」

榊露出了壞心眼的笑容。

「大概是急著換掉那一頁吧，來不及想到要讓公文用紙統一。紙張的廠牌也不一樣。」

「紙的顏色有差異嗎?」

「顏色倒是一樣，肉眼分辨不出來。差在觸感。」

美晴頗有感觸，所以覺得很佩服。不只特搜部，檢察官都必須具備判讀資料的能力。包括資產負債表及損益表等各種財務報表、土地房屋的鑑價報告、還有證券交易報告書。然而無論在哪個世界裡，都有特別厲害的能人異士，所以善於判讀各種資料的檢察官之中，也有人能光靠觸摸就能摸出紙質的差異。這也是仁科告訴她的小道消息，那位檢察官學生時代曾在印刷廠打過工，聽說是在那個時候學會靠指尖判斷紙質的差異。

「人要有一技之長，像這種時候就能發揮功效。但另一方面可能也會將自己逼入絕境。考慮到竄改的內容與時機，不太可能是外人所為。」

「因為是由近畿財務局保管的文件。只有近畿財務局的人或扣押文件的人有機會竄改。」

「沒錯。因此不得不對特搜部展開調查。我之所以會說你沒去特搜部是對的選擇，就是這個意思。」

「意思是要我去調查嗎？」

「這個問題不能交給特搜部。問題是，廳內有本事的人除了你以外，全都去支援特搜部了。」

榊自我解嘲地搖搖頭。

「就像好不容易召集到優秀的消防隊員，消防局卻失火了。說來諷刺，可是還有另一件更加諷刺的事。」

「竄改證據嗎？」

「就是這件事。二〇一〇年的竄改事件害得大阪地檢特搜部顏面盡失。原本可以趁著這次荻山學園的案件來洗刷污名，沒想到竟然又發生了竄改事件。一定要在媒體察覺到端倪前就先處理好，否則大阪地檢特搜部這次真的會被毀得體無完膚。搞不好從上到下、所有的檢察官都會被其他地檢的人取而代之。雖然我不想這麼說，但這次真的是前所未有的危機。」

3

從榊口中得知特搜部的竄改弊案後，美晴整個人都提心吊膽起來。大阪地檢居然兩度捲入了竄改風暴。一個搞不好，特搜部從部長一直到承辦檢察官都得接受處分。特搜部的毀滅，也意味著大阪地檢的權威將再度墜落谷底。榊的擔憂也正是落在這個層面。

然而，不破接下來卻語出驚人。

「這是正式的命令嗎？還是要編組團隊展開調查的意思？」

「呃……」榊有些難以啟齒地蹙緊眉峰。

「並不是正式的命令。」

「那麼請容我拒絕。」

「你不喜歡祕密行動嗎？」

「內部偵察也是祕密行動。」

「還是討厭拿自己人開刀？」

「我不覺得揭發違法的行為是在拿自己人開刀。」

「那你到底在不滿什麼？」

「我並沒有不滿，只是希望遵守規範。如果是命令，萬一效果不彰，就必須負起責任來；

如果不是命令，那我也不知道該怎麼負責。」

「這是私底下的委託，所以大概不用負責吧。」

「我認為不用負責任的工作都不算是工作。尤其是對我們檢察官而言。」

榊瞪著不破，輕聲嘆息。

「為什麼你要這麼不合群呢？」

「檢察官原本就是獨立的司法機關。」

「可以了，我無話可說了。」

榊一臉疲憊地轉身面向窗戶。這個意思是要他們離開這裡。

「那麼我就告退了。」

不破臉色始終無異，轉身踏出榊的辦公室。美晴只能默默地跟在後面。

「不破檢察官，請問您為什麼不答應次席檢察官的要求？」

美晴在返回辦公室的路上向走在前面的不破提問，沒想到不破居然回答了。

「我上次也說過，還沒有處理的案件堆積如山。而且特搜部內部如果真有疏失，在高峰主任檢察官的主導下遲早會解決的。」

不破很少稱讚別人。連面對檢察長及次席檢察官的時候也不假辭色。這樣的男人現在正對他的同事——主任檢察官的本事致上最大的溢美之詞。

「瞧妳一臉狐疑的樣子。我應該說過，不要輕易讓情緒出現在臉上。」

「那個，我只是有點驚訝。不破檢察官竟然也有讚美別人的時候。」

「不是讚美，只是給予正確的評價。」

不破的口吻既未隱含怒氣，也不像是在掩飾羞赧。

「可是次席檢察官都傷腦筋成那個樣子了，您還拒絕他兩次，這樣不會影響到往後的發展嗎？」

「所謂的影響是指什麼？」

美晴連忙噤口不言。她忘了不破這個人根本沒把出人頭地或是受到長官的喜愛放在心上。

「如果不趕快處理特搜部的問題，大阪地檢的威信這次真的會一敗塗地喔。」

「妳沒在聽次席說話嗎。萬一醜聞曝光的話，喪失威信的將會是特搜部，而不是大阪地檢。別混為一談。」

「但社會上都認為特搜部和大阪地檢是同一個單位。」

「妳認為在地檢工作的所有人會一邊上班一邊在意世人的評價嗎？」

「不，這個……」

「妳希望從事司法工作的人都像風向雞一樣看風向做事嗎？」

感覺再說下去只會被逼入死巷，美晴終於閉上嘴巴。只要自己不主動開口，不破非必要就不會回答任何問題。而且即便自己主動開口，對方也經常不理不睬。

相對的，美晴想信任不破識人的眼光。畢竟這個人完全不來應酬、吹捧、恭維這一套，只會根據能力給予評價，而這個人給予高峰極高的評價。美晴猜想，既然是不破認同的人物應該就沒問題了吧。

然而，美晴的猜想完全被辜負了。

第二天，習慣在通勤途中看網路新聞的美晴一看到頭條就呆住了。

『大阪地檢特搜部再度竄改證據』

美晴忍住不要發出怪聲，繼續往下看。

『十五日，負責調查荻山學園一案的大阪地檢特搜部又傳出疑似竄改搜查資料。根據相關人士透露，承辦該案件的特搜部主任高峰仁誠檢察官竄改了一部分近畿財務局製作的決議書。本案疑似有政界捲入收賄弊案，因此高峰檢察官的行為無異阻礙了案件偵辦進度。大阪地檢特搜部過去也曾發生竄改證據的前例，因此一直致力於洗刷這個污名。倘若此次竄改屬實，其努力將化為夢幻泡影。』

地檢的最高機密外洩這件事固然也很讓人驚訝，但是更令她詫異的是報導對高峰指名道姓，直指他就是犯人。

報導的內容完全是來自「相關人士」提供的內部消息，但是換個說法，就代表了內部有人告發。意思就是，特搜部內，或是特搜部的周圍人士有人在高峰背後放冷槍。

拿著手機的手開始不聽使喚地發起抖來。腦海中閃過「驚天動地」這個平常根本不太會用到的字眼，但這個形容絕不誇張。大阪地檢相當於美晴的容身之處，這件事不僅會讓容身之處天搖地動，甚至還可能地盤下陷。

心臟跳得飛快。

美晴本人明明沒有涉入竄改弊案，卻感覺周圍的視線都在責怪自己。她想告訴自己這只是被害妄想罷了，可一旦產生這個念頭，就再也無法控制自己。

光是作為引爆醜聞的組織一員就這麼無地自容，足以證明美晴對大阪地檢的歸屬感相當強烈。

如坐針氈地步下電車，又小跑步地逃入合同廳舍。直到踏進建築物的瞬間，感覺身心都安穩下來了。

然而稍微走了一段路後，感覺那種安穩感又變得忐忑不安。在走廊上前進的同時，聽覺也敏銳地捕捉周圍的聲音。

「你聽說了嗎，特搜部的新聞。」

「哦，聽說了聽說了。沒想到居然是高峰先生。」

「冒出這個名字真是太令人意外了。」

「這麼一來，大阪地檢特搜部真的完了。」

「要是特搜部整個大換血，我們家的檢察官會調單位嗎？」

「不可能。你想太多了。他們一定會說同樣都是大阪地檢的人就不值得信任，要從其他地檢那邊派人來遞補。更重要的是，在那之前會先進行一番人事大肅清。」

檢察官與事務官的聲音聽起來格外響亮。檢察廳內本來就充滿各種勾心鬥角的權力關係。檢察官及其手下的事務官都自視甚高，也不打算隱藏自己爭名逐利的欲望。只要當事人不在場，口出難聽話就像呼吸一樣自然。尤有甚者，當自己所屬的部門面臨危急存亡之秋，明明應該團結一致對外，他們卻還是老樣子，心中想的只有權謀術數。沒有什麼菁英意識的美晴，不僅失望，甚至還感到憤怒。不破常把「檢察官中的每一個人都是獨立的司法機關」掛在嘴邊，但是像這種時候，這些人就連獨立思考的能力都沒有。

不破本人肯定也聽到這個消息了。自己給予高度評價的高峰成為竄改公文的始作俑者，美晴猜想他不是相當失望就是極為憤慨吧。

「早安。」

「嗯，早。」

瞄了一眼不破的表情，美晴愣住了。因為他臉上那張能面還是跟平常一模一樣。

「那個，不破檢察官。您看過新聞了嗎？」

「哪則新聞？」

「高峰檢察官是竄改公文的犯人。」

「這件事我知道。次席一早打電話給我了。」

既然榊直接打電話給他，足以證明這則新聞並不是空穴來風。

「接下來該怎麼辦？」

竟然還期待那張能面能稍微歪掉一些，美晴對自己有些動氣。但面對高峰的瀆職，不破竟連眉頭都沒有挑一下，這點更令美晴沉不住氣。

「不破檢察官不覺得要是您願意調查特搜部的違法行為，就能在被自己人告發前先把局面穩定下來嗎？」

「次席問我要不要進行內部調查是昨天下午的事。從新聞播出的時間來推算，媒體應該今天一早就掌握到消息了。不可能來得及。」

「可是……」

「再說了，假如舉報的矛頭指向高峰檢察官，那麼不管在哪個時候由誰介入都是一樣的。」

「您的意思是說，這不是單純的舉報，而是為了讓高峰檢察官失勢嗎？」

「不要把假設恣意推論，這是造成誤判的源頭。言歸正傳，現在要精查的證物堆積如山，不要把時間浪費在那些沒意義的討論。」

「居然說這是沒意義的討論。」

「所有與承辦案件無關的事情都是沒意義的話題。如果妳想繼續說下去的話，就先離開這個辦公室吧。」

不破的回答充滿獨善其身的態度，但偏偏他說的一點也沒錯，美晴無法反駁。只能吞下一肚子想提出來的問題，開始工作。

中午休息時間前往吸菸區，果不其然就看到了仁科的身影。

「哦，妳來啦，惣領小姐。」

她果然在找說話的對象。

「這件事只能跟惣領小姐討論呢。」

「您是指高峰檢察官的事吧。經過走廊時也聽到大家都在討論這件事。」

「如果連走廊上都聽得到聲音，樓上肯定炸開了鍋。」

仁科指著天花板苦笑。

「事務局也從早上就亂成一團。各大媒體詢問的電話響個不停，所有的部長都被叫出去了，可是檢察長和次席檢察官倒是不見人影。」

「真的假的？檢察長和次席檢察官不在嗎？」

「倒不是不在，而是躲在檢察長的辦公室密談。完全隔絕與外界的聯絡，手機也打不通喔。」

「到了這個節骨眼還有什麼好密談的啊。明明新聞都已經報出來了。」

「就是到了這個節骨眼才要密談。」

仁科晃了晃豎起的食指。

「上次發生竄改事件的時候，拖著不處理的結果是被最高檢察廳直接殺進來。這次是第二次，要不了多久，最高檢又要來了。兩人密談肯定是為了統一應付要給最高檢的說詞吧。」

「還需要統一什麼？」

「例如『我們什麼都不知情。一切都是特搜部內部的問題』。」

「什麼都不知情……這跟蜥蜴斷尾求生有什麼兩樣。」

「斷尾求生這個形容不太準確。這次大概連特搜部長都會受到波及，所以是整個下半身都要斷開。」

「怎麼會這樣。要把整個特搜部都換掉嗎？」

「畢竟是第二次竄改證據了，就連要拔掉特搜部長，可能都還會有人覺得不夠。不過站在檢察長的立場，即使特搜部整個大換血，只要能保住次席、三席檢察官及其他檢察官和事務官就要謝天謝地。打從竄改公文這件事曝光後，大阪地檢的面子就已經蕩然無存了。接下來就是撤退戰了，問題就在於要怎麼收場。」

「……已經想到那麼遠了嗎？」

「這只是我的猜測啦。但我認為雖不中亦不遠矣。像迫田檢察長那樣深謀的狸貓至少一定會想到這一步，否則可是無法勝任大阪地檢的頭頭喔。」

先前曾經在檢察長辦公室見過迫田本人一次。雖然是躲在不破的身後偷偷觀察，依然能強烈地感受到他給人一種具有頭領派頭的狸老爹❸那種感覺。那個人為了保住大的，確實很有可能面不改色地犧牲掉小的。

「那麼最關鍵的高峰檢察官呢？還不確定報導的內容是否屬實，只要能證明他的清白不就好了嗎。還是他已經承認自己確實有竄改了？」

「這個嘛，不管是高峰檢察官還是特搜部長都躲起來了。事務局為了釐清這項指控的真偽也打了好幾次電話給他們，可是都聯絡不上。不過他們肯定還在廳舍裡。」

也就是說，不止檢察長和次席檢察官，特搜部長和主任檢察官也雙雙消聲匿跡了。想像要斷尾求生的蜥蜴跟即將要被切斷的尾巴一起串供，不免陷入大阪地檢這個組織彷彿是什麼伏魔

❸意指知世故、頗有人生閱歷、城府深且狡獪的男人。

殿之類的錯覺。

「聽說次席兩度請不破檢察官去調查特搜部，可是都被他拒絕了。」

美晴下意識地看著仁科的臉。

關於這件事，應該只有在場的榊和不破，還有美晴等三個人知道。仁科怎麼會知情，而且還公然說出這個事實呢？

「幹麼露出那種活像鴿子被玩具槍打中的表情……啊，不能用這個比喻，會曝露年齡。」

「為、為什麼仁科課長會知道這件事？」

「不知道啊，我隨便矇的。考慮到次席找不破檢察官的時機與特搜部的醜事傳到事務局的時機，我只能想到次席下令不破檢察官去調查自己人了。而且連著兩次的話，就表示第一次大概是被不破檢察官拒絕了，接著再想想不破檢察官的性子，應該不會因為上頭的命令就對同事的疏失展開調查吧。」

美晴手裡捏著一把冷汗。仁科比自己更早認識不破，所以能做出這番推論。她成為不破的事務官才一年，可是跟不破相處的時間要遠比仁科長得多，應該要比仁科更加了解不破的為人才對，但是她對不破的認知卻遠遠比不上仁科，真是太窩囊了。

「以下是結果論，不破檢察官拒絕次席的安排真的是太明智了。萬一已經展開內部調查，肯定會受到池魚之殃，責怪他竟然沒發現公文遭到竄改。」

「可是次席委託他調查的那天，媒體應該就已經掌握竄改的事實了吧。」

「這不是重點。至少外面的人不會想這麼多。凡是與特搜部有關的人，恐怕都會因為這次的風波承受或大或小的流言蜚語。像是明明已經派你去調查特搜部了，為什麼還沒發現竄改？既然如此，你是不是也有份？類似這樣的話。」

「這根本就是誣陷嘛。」

「如果是不清楚內情的人，難免會產生這樣的懷疑。我之所以會說打從一開始就跟特搜部保持距離的不破檢察官實在很聰明，原因就在這裡。」

聽到仁科這麼說，美晴不禁感到心情鬱悶。

「接下來事情會怎麼發展呢？」

「接下來就是最高檢與大阪地檢的攻防戰了。發現問題的藩打算請幕府訴諸公權力以擊潰對手。另一方面，作為對手的藩則必須想辦法度過這個腹背受敵的難關……啊，這個比喻也好老派！」

仁科的預言聽起來很殘酷，但之後美晴就明白其實是自己太天真了。

「只不過啊，檢察長和次席檢察官考慮的肯定不只是如何善後喔。」

「還有別的嗎？」

「找犯人。到底是誰捅了高峰檢察官一刀。我猜這方面的調查也會同時進行。」

「可是如果因為內部告發而發現竄改證據的事實，就結果來說不是好事嗎？」

「看在一般人眼中的確是這樣沒錯，可是對檢察長而言，這麼做等於是不向上級報告就直接透露給外人知道。」

「啊……」

「只要向上級報告就能在內部解決的問題非要鬧到人盡皆知，還因此讓整個大阪地檢成為眾矢之的。看在痛恨不公不義的人眼中或許是正義的英雄，但是對大阪地檢而言無異就是叛徒了。先不管這麼做對不對，我想這種做法惹怒的絕對不只是檢察長而已。」

「可是如果懲罰內部舉報的人，肯定會引起社會大眾的抨擊吧。」

「我跟妳說，惣領小姐，在官僚的世界裡，多的是表面上看不出痕跡的處刑方法喔。」

仁科若無其事地說出可怕的話。

「組織不需要正義使者，只需要忠實服從命令、保衛組織的人。」

這個時候，美晴的腦海中浮現出一張男人的臉。

「那不破檢察官又該怎麼說呢？他不僅拒絕次席的安排，也看不出有想保護組織的熱情。」

「從某個角度來說，不破檢察官就像獅子身上的蟲❹。雖說是蟲，卻也是非常優秀的蟲，能吃盡獅子體內所有的壞菌。看在高層眼中就像是蛔蟲般的存在，但養著還是利多於弊。」

居然把那個能面比喻成蛔蟲，仁科也真是有膽識。

心中有一瞬間閃過莫非不破就是那個吹哨者的懷疑，但美晴隨即打消這個念頭。專注於處理自己手上的案件，而且還認可高峰檢察官的不破怎麼可能做出內部告發這種事。更何況不破從來就沒有去過特搜部，這點與他同在一間辦公室裡共事的美晴是再清楚不過了。

如此這般，大阪地檢內部交織著動搖與權謀，可是一踏出廳舍，就知道這只不過是茶壺裡的風暴。二度竄改證據，比一般人更仇視權貴的大阪市民絕對不會善罷干休，眼下大阪的地方報紙和電視台早已紛紛對大阪地檢投以責難的目光。

『體質完全沒有改善。』

『簡直是罪惡的淵藪。』

『司法改革需要檢討。』

『檢察官有收受賄賂嗎？』

各大電視台的談話性節目皆以竄改事件為主軸，無一例外。主持人及評論家全都一臉凝重地針對一連串的醜聞各抒己見。儘管大阪地檢尚未正式對外發言，也還沒有舉行記者會，但是

---

❹源自佛典。即便是強悍的獅子也會敗於體內的寄生蟲，引申為組織的崩壞往往來自於內部的害群之馬。

對這些人來說，只要有內部人士舉報就夠了。

街頭巷尾的毒辣意見也不比他們遜色。

『什麼？又來了。大阪地檢真是學不乖耶。乾脆把那群檢察官全部換掉好了。』

『這件事跟荻山學園有關吧？官官相護的陋習真的很誇張耶。』

『不可原諒！負責揭發犯罪的人竟然是犯罪者，希望這種人趕快辭職。』

『已經是第二次竄改公文了。這表示先前的改革一點效果也沒有。大阪地檢可以原地解散了。』

光是早上的第一波報導已經讓市民群情激憤至此，萬一還有第二波、第三波報導……不，萬一高峰檢察官被捕的話，局面肯定會更加混亂吧。

美晴在回家的電車上不知於何時關掉了網路新聞，不再搜尋新的消息。

感覺自己的立場比早上進辦公室時更嚴峻了。她忍不住檢查自己穿的衣服和隨身物品，不想讓人發現自己是地檢的人。真沒面子，被錄取為事務官的時候，明明樂得快要飛上天了，但今天的她卻只想直接消失。

只能祈禱對高峰檢察官的舉發是一場誤會，又或者第一波報導是一場誤會，到了明天就會換上更正啟事——想法也太天真了。美晴搖搖頭，甩掉妄想。檢察長和次席檢察官都關室密談了，可見他們早在新聞爆發以前就已經掌握報導的大致內容。也就是說，這絕不是無憑無據的胡說八道。

有句話說「失去信賴只要一瞬間，挽回信賴卻得花上一輩子的時間」。如果這句話是真的，那這次大阪地檢得要花上幾十年、幾百年才能挽回失去的信賴呢？

第二天，廳舍一早瀰漫著詭譎的氣氛。緊張與怯懦、恥辱與好奇交織成異樣的氛圍。

那群人剛好跟進廳舍的美晴幾乎同一時間抵達，所以她在偶然的情況下看到了那個四人組。走在最前面的男人大概是負責人，年約四十多歲後半，身上的氣質比起檢察官還更像是官僚，表情與其說是苛刻，更傾向於無懈可擊，讓人有種不通情理的感覺。跟在後面的人也好不到哪裡去，一言以蔽之就是一群乏善可陳的人。

其中只有一個人散發出與眾不同的光彩。雖然不通情理的神情與其他人如出一轍，但眼神卻異常銳利。

這群人散發出不尋常的壓迫感，從走廊另一頭走來的人見到他們都紛紛讓路，簡直就像是分開紅海的摩西。他們大概是東京派來的調查小組吧。

辦公室裡，不破全神貫注地閱讀警方的筆錄，顯然也沒料到最高檢會來突擊檢查。當然，他們應該會事先預約的，可是如果已經取得大阪地檢的首肯，不破等承辦檢察官應該也會知道他們來訪的目的。

「我剛才在走廊上遇到一群陌生人。已經通過警衛的檢查，所以應該是檢察體系相關的人。」

「是最高檢。」

不破回答，視線依舊落在筆錄上。

「不破檢察官怎麼知道的？那群人才剛到而已。」

「妳下班後，次席向我說明了原委。東京派來的小組負責人是最高檢刑事部的折伏檢察官。妳最好記住這個名字。」

「您說原委，那高峰檢察官真的竄改了公文嗎？」

「妳怎麼會想到那裡去。」

「呃，因為……」

「派遣調查小組過來就是為了調查有沒有竄改。目前還沒有結論。還沒有結論的事有什麼好說明的。」

不破這番話令美晴感到無地自容，她覺得自己就像是輕率的好事者。因為好像不管說什麼都會打草驚蛇，所以美晴閉上嘴巴，開始整理證物。

經過三小時左右，有人敲門了。就美晴所知，這個時間點應該沒有約好要見面的訪客。

「請進。」

不破應聲後，走進來的竟然就是剛才美晴在走廊上看到的那個眼神銳利的男人。

「岬檢察官。」

目光至今不曾離開過筆錄的不破倏地站起身來。這個男人甚少出現這樣的舉動，但更令美晴驚訝的是來訪者的名字。

岬恭平，東京地方檢察廳次席檢察官。他是與榊次席齊名、人稱「東邊的岬、西邊的榊」或「鬼岬、佛榊」，屬於司法界無人不知、無人不曉的人物。

這個瞬間，美晴還對不破怎麼會認識岬恭平感到訝異，但隨即就想起不破的前一個任職單位就是東京地檢。

「好久不見了。」

岬走向不破。不破也離開辦公桌，請他在會客用的椅子上坐下。可是岬鄭重婉拒了。

「我只是來打聲招呼而已，站著就行了。我太長舌，檢察官你也會覺得很困擾吧。」

「嗯嗯。」

美晴忍不住想用手肘去頂不破。這種時候應該要用社交辭令打發過去吧，但不破還是老樣子，沒有一絲對上位者的敬意。

「你知道最高檢派了調查小組過來吧。」

「昨天聽說了。」

「我也是小組的一員。」

「東京地檢也參與了嗎？」

「成員是最高檢決定的，就連我也不清楚被選上的理由。只知道最高檢充滿了危機感。你清楚這意味著什麼吧。」

「多達兩次竄改證據已經不只是犯人本身的問題，可能是大阪地檢特搜部及大阪地檢這個組織的體質出了問題。最高檢是這個意思吧。」

「聽說也有人直接這麼挑明了說。而且還是在荻山問題引起軒然大波的這個節骨眼，最高檢大概也不希望社會大眾產生檢察官向權力靠攏的印象。」

美晴理解岬的言下之意。在這種情況下，如果不嚴格追究大阪地檢特搜部的疏失，可能會給人整個檢察體系向政治權威低頭的印象。而這也意味著不管是對特搜部的調查，還是確定有竄改事實後的處分都會更加嚴苛。

「在不破檢察官的眼中，高峰檢察官是個什麼樣的人呢？」

「我對他的看法足以成為調查的依據嗎？」

「一個人的本質大抵可以從他人的評價略知一二。問問看並沒有損失。」

「我認為他是很優秀的特搜部主任檢察官。」

「這是對能力的評價吧。」

「我對他的性格、氣質一無所知，也不曾深入地說過話。」

「你還沒跟任何人交好嗎？」

「檢察官之間應該沒有必要交好吧。」

「可是同一個職場的同事疑似出現了背信行為。你對這件事一點想法也沒有嗎？」

「就算有，我也不覺得有必要說出來。一旦經由正式的手續展開調查，周圍的想法或同情都沒有介入的餘地。」

「……嗯，也罷。謝謝你的意見，很有參考價值。」

看上去並沒有什麼特別感謝的樣子。岬轉身離去，但走到門口又轉過頭來。

「未來可能還會請教你很多問題，請多多指教。」

岬離開後，不破又開始閱讀筆錄，彷彿什麼事也沒有發生過。

美晴的腦子裡短時間內已經浮現出五個疑問，但是想也知道，就算問了也只會自討沒趣。只好先將交織著危機感與好奇心的念頭塞回腦子裡，像不破那樣再次開始著手作業。

看在美晴眼中已經無法分辨對方是總務課長還是公關課長的仁科，又透露了靠順風耳蒐集到的情報。

「讓東京地檢的岬次席檢察官也加入調查小組，不用說也知道是最高檢的意思。不光是最高檢刑事部，連地檢的第二號人物都參與了，無疑是為了讓內部外部的人都清楚明白最高檢的決心。」

「岬檢察官是最高檢的殺手鐧嗎。」

「畢竟他是菁英中的菁英，下次人事異動一定會晉升為高等檢察廳次席檢察官，然後再下一次的人事異動就是東京地檢的檢察長。而且不同於一般的菁英分子，儘管被貶過一次官，依舊能浴火重生、再次爬上出人頭地的軌道，是個百折不撓的男人。實務方面極為出色這一點也很加分。」

比起平步青雲的菁英，給人從底層摸爬滾打上來的印象更為強烈，原來是因為這個緣故啊。

不料仁科看著她，一臉看穿她在想什麼似地笑得頗為狡黠。

「妳臉上寫著『他那張臉看起來不像菁英分子』呢。」

「欸，我哪有。我才沒有這麼想。」

「偷偷告訴妳。他本人好像不想被別人知道，但岬檢察官全家都是菁英喔。惣領小姐，妳知道前陣子在蕭邦國際鋼琴大賽打進決賽的鋼琴家岬洋介嗎？」

「當然知道啊。『五分鐘的奇蹟』。聽說他的演奏讓交戰中的塔利班士兵都停止戰鬥，與巴基斯坦總統的發言一起躍上全球新聞……啊啊啊，難不成！」

「沒錯，岬檢察官是那個岬洋介的父親。」

「長得一點都不像啊。岬洋介像是從少女漫畫走出來的貴公子，但父親……」

衝到喉嚨的下半句話又被嚥了下去。

「肯定是跟母親比較相像吧。嗯，這不重要，重點是接下來大概會經常在廳舍內見到岬檢察官。如果想要嫁給那位眉清目秀的鋼琴家，最好盡量給對方留下良好的印象喔。」

美晴猛搖頭。她對全家都是菁英的家庭確實有點好奇，但是絲毫沒有想成為那個家一員的意圖。

「小組負責人是折伏檢察官，今天開始被任命為大阪地檢檢察官事務代理。」

「仁科課長，這就表示……」

「嗯。這麼一來，折伏檢察官就能在大阪地檢暢行無阻了，也能大搖大擺地深入事務局的核心。這部分是照搬上次的竄改事件呢。」

仁科無意掩飾焦躁的情緒。就算是最高檢的指示，或許也不容許自家的庭院被外人侵門踏戶吧。

「就是這樣，這陣子就連這裡都不好待了，得忍耐才行。」

「這陣子大概是多久？」

「一切都看高峰檢察官了。看那個人什麼時候認罪，或是能堅持到什麼時候，又或者是能順利證明自己的清白。」

「這麼說來，高峰檢察官人在哪裡？自從報導出來後，我一次也沒在廳舍裡看到他。」

「到昨天以前是特搜部長的籠中鳥，今天開始是檢察官事務代理的甕中鱉吧。正在小房間接受沒完沒了的審訊。」

「仁科課長認為高峰檢察官有竄改公文嗎？」

這次換仁科激烈地搖著腦袋。

「我也想相信高峰檢察官喔。可是啊，每個人都有鬼迷心竅的時候，更別說高峰檢察官這個人其實很有人情味。」

腦海中冷不防浮現出不破的臉。再也沒有比他更沒有人情味的人了。無論受到任何人的請託，都不會改變自己的意志。原本應該要對那樣的性格敬而遠之，但是在這種情況下，那種性格反而有利，真是太諷刺了。

4

美晴當然沒有這方面的經驗，但是國土被其他國家占領的人民大概就是這種心情吧。自從折伏等人來了以後，廳舍內的氣氛明顯變得沉重了。他們總是關在小房間裡，不是在看出售國有地的相關搜查資料，就是向高峰問話，所以甚少看到他們的身影，但是壓迫感和挫敗感依舊從四面八方步步進逼。就算偶有小組成員出現在走廊上，即使不是隸屬特搜部的職員，也還是會避免與他們有視線上的接觸。

仁科似乎也不清楚他們在小房間裡問了高峰什麼、又是怎麼問的。就連近畿財務局製作的決議書究竟是哪裡遭到了竄改也不得而知。

或許是因為情報受到嚴格的管制，至今尚未有任何一家報社做出竄改證據的第二波報導。不知是吹哨者沒有更進一步的內幕消息，還是地檢內部徹底封鎖了他的行動，不管怎樣，媒體暫時是陷入了膠著狀態。但各大報的司法記者還是掌握到最高檢派遣調查小組前來的事實，看在旁人的眼中，還是會覺得案情有所進展。

即便在這種情況下，還是出現了敏銳的報導機構。像是某家全國性的報紙就發出「感覺有一股力量想利用高峰檢察官的竄改弊案讓荻山學園的問題不了了之」的警告。只不過，比起警告，更像是對現狀的單純解讀，畢竟原本負責調查國有地出售案的檢察官現在成了嫌疑人，想也知道原本的調查勢必會停滯不前。

特搜部人手不足導致荻山學園的問題遲遲得不到一個說法，這也被大眾責難是大阪地檢的責任。批評聲浪一波接一波。對於在地檢服務的人來說無疑是屋漏偏逢連夜雨，但是社會大眾罵的也沒錯，所以只能摸摸鼻子認了。

要是特搜部人手不足的問題持續下去——雖說與自己沒有直接關係，但美晴也開始覺得前途堪慮。然而區區一個事務官就算操碎了心也無法扭轉大局，只是讓她再一次認清自己的無能為力。

已經到了中午休息時間，美晴邊思索邊走向一樓的員工餐廳。最高檢的調查小組好像都是叫外送，所以至少在員工餐廳就不會見到他們。

美晴點了B定食，找了張沒有人的桌子坐下。只要一枚五百圓硬幣就能吃到兩種炸物和烤魚、沙拉、味噌湯，已經無可挑剔了。

「我開動了。」美晴正要開始吃的時候……

「可以和妳併桌嗎？」

美晴對這個從正前方傳來的聲音反射性地回答：「請坐。」就在她抬起頭來的瞬間就嚇了一大跳，因為在她眼前坐下的竟然是完全出乎意料的人物。

「岬次席檢察官……」

美晴慌張地想站起來，卻被對方伸出一隻手制止。

「其他桌子都滿了。妳沒必要離開。還是妳不想跟我這種大叔同桌呢？」

「絕對沒有這種事。」

「那就坐下來慢慢吃吧。我們這個世代的人都養成五分鐘解決一餐的壞習慣，但是像惣領小姐這種淑女應該不會這樣吧。」

「您怎麼知道我的名字？」

「我對不破檢察官的事務官很感興趣，所以就問了事務局。」

岬邊說邊享用生魚片定食。咀嚼一會兒吞下後，他有些詫異地喃喃自語。

「哦。」

「怎麼了嗎？」

「沒什麼，東京地檢的員工餐廳也有相同的菜色，但這邊的不僅便宜一百圓，還更好吃呢。」

他說的話與他的頭銜及外表完全不搭，這讓美晴不由得綻放笑容。

「我說了什麼奇怪的話嗎？」

「失禮了。因為次席檢察官說的話很有庶民的氣息呢。」

「倒也不是什麼庶民，是因為我每天的三餐中有兩餐都在廳舍的員工餐廳解決。吃的東西跟事務官們一樣，說不定還比事務官更儉樸。」

「您給人的印象完全不是這樣。」

「不能靠印象評斷一個人喔。而且我們的身分是公僕，要是平白無故吃得太好會對不起納稅人。」

從他的口吻不難聽出這絕對不是用來打圓場的場面話。

「不破檢察官也會來這裡用餐嗎？」

「不會，檢察官他多半是在辦公室吃午餐。」

「他的飲食習慣還是很不營養呢……真是太可惜了，在這裡上班卻不來這裡的員工餐廳吃飯。明明這麼美味。」

儘管不是自己的功勞，美晴卻莫名其妙地感到與有榮焉。不同於第一次見面的印象，聊過之後就會發現這個人其實很平易近人。

「可以請教您一個問題嗎？」

「請說。」

「您與我併桌應該不會是單純的巧合吧？」

「嗯嗯。因為我聽說妳可能在這裡。」

「為什麼要在午餐時間呢？像我這種事務官，如果岬次席有需要的話，隨時都能叫我過去不是嗎？」

「因為人在吃飯和裸體的時候會難以置信地坦誠……啊，抱歉，這句話聽起來有性騷擾的嫌疑。請當作沒聽見。」

岬不知所措的樣子很可愛，美晴忍不住苦笑。

「也就是說，您想知道我的真心話嗎。那麼您究竟想問我什麼呢？」

「當然是不破檢察官的事。」

果然如此。根本不必多加思考，也知道東京地檢的次席檢察官怎麼可能對一介小小事務官感興趣。

「我認為您直接問他本人比較快。」

「這句話不應該由他的事務官說出來吧。根據我打聽到的小道消息，那個人在大阪地檢的外號是『能面』不是嗎。有這種綽號的人會輕易敞開心房嗎？」

「那個，不破檢察官以前跟次席檢察官一起在東京地檢共事過吧？」

「我們在同一個樓層的時間只有一年。當時聽說有個年輕的新銳檢察官，我一直想單獨約他去喝酒，結果還沒約成，他就調職了。」

以前曾聽仁科說過不破調職的始末。當時還沒戴上能面的不破被嫌疑人玩弄於股掌之間，不僅有位證人因此犧牲了，也錯失破案的手段。調到大阪地檢並不是單純的調動，而是不折不扣的貶官。這個案子也讓不破從此戴上了能面。

「看妳的表情，妳也知道他調職的前因後果呢。」

美晴連忙用手遮住自己的臉。自己的臉部表情肌到底有多活潑啊，不光是不破和仁科，就連才剛剛認識的岬都能看穿她內心的想法。

「那個案子是東京地檢的污點。不能否認是刻意將所有的責任推到他頭上。」

「次席檢察官也無法保住他嗎？」

話已出口才自覺失言，但已經來不及了。

美晴惴惴不安地觀察岬的反應，沒想到岬似乎完全沒放在心上。

「即使是次席的立場，也有辦得到和辦不到的事……當時我拿這句話為自己開脫，但現在想想著實可笑。說穿了，我只是沒有勇氣而已。那件事讓我直到現在都還是對不破檢察官感到過意不去。話說回來，這件事是不破檢察官自己提起的嗎？」

「不是。不只這個案子，他從來沒有提起過任何與自己有關的事。我甚至沒聽他聊過自己的家人。」

「真是滴水不漏啊。」

岬的語氣似乎很佩服。

「這種個性在地檢大概會被孤立吧。不過檢察官本來就是獨立的司法機關，所以這也是必然的結果。」

「不管別人說什麼，他都堅持貫徹自己的作風。」

「就連遠在千里之外的東京地檢也能聽到他的傳言。既然被譽為大阪地檢的王牌，這種作風倒也沒錯。對了，聽說大阪府警的弊案也是他一個人揭穿的，是真的嗎？」

美晴也是搜查資料大量遺失事件的當事者之一。在她鉅細靡遺地說明事情的來龍去脈後，岬滿意地點點頭。

「這也讓『能面』聲名大噪呢。如果是這麼不懼壓力、不看臉色的強硬作風，應該就不用我擔心了。」

驚人的是美晴連一半都還沒吃完，岬已經掃光了盤子上所有的食物。看樣子五分鐘解決一餐並不是開玩笑，也不是刻意要拿來當成話題。

「我想把高峰檢察官的事告訴身為事務官的妳。」

美晴反射性地打直背脊。

「東京雖然派了調查小組過來，但是可以單獨偵訊的範圍其實很有限。也不能忽略地利的優勢。偷偷告訴妳，高峰檢察官也很固執，他不願對我們這些外人敞開心房。」

沒有任何心理準備就聽到負責偵訊的人透露偵訊機密，美晴一時不知該做出什麼反應。

高峰尚未招供。折伏手下的調查小組似乎還在努力偵訊。

「我猜可能會以某種形式找上不破檢察官。當然也包括惣領小姐，屆時還請多多指教。」

岬說完後就捧著托盤站起來。

「請等一下，為什麼要在告訴不破檢察官本人之前就先告訴我？」

「以他的性子想必最痛恨這種挖牆角的行為吧。因為從妳口中得到關於不破檢察官的有用情報，這算是等價交換。」

「只是這樣而已嗎？」

「因為身為事務官的妳是離他最近的人，也是最能揣測那個男人心裡在想什麼的人。」

岬說完這句話，便頭也不回地離去。

被留下的美晴，這時才後知後覺地想起難得有機會說話，怎麼沒趁機打聽他的兒子、也就是天才鋼琴家私生活的訊息呢。她為此感到扼腕不已。

懷著悔不當初的心情吃完午餐，回到辦公室。不破果然已經開始工作了。

「我剛才在員工餐廳遇到岬次席檢察官。」

要是不破後來才從別人口中得知的話也很難交代，所以美晴決定主動說明。但不破還是沒什麼反應，只應了聲「是嗎」，看也不看她一眼。

「他問了我很多不破檢察官的事。」

「是嗎。」

「您不好奇他問了什麼嗎？」

「大概是關於我的工作態度或是平常都跟事務官聊些什麼吧。」

「……您怎麼知道。」

「這是岬次席的慣用手法。邀請對方吃飯，藉此從對方那邊問出自己想知道的事。因為人在用餐的時候會卸下心防，比較容易問出真心話。」

「那您不想知道我是怎麼回答的嗎？」

「不想。而且妳有場面話與真心話的分別嗎。」

簡直是把她當成小孩看待了，不過美晴確實想不起來自己什麼時候曾經把場面話與真心話分開來靈活運用。感覺再說下去只會自掘墳墓而已，所以美晴也默不作聲。

安靜無聲的工作持續了一會兒，桌上的電話響起。

「是，我是不破……我知道了。」

無論接到誰的電話，不破都是這種不冷不熱的反應，所以美晴無從判斷打電話來的是誰。

「榊次席找我，去他的辦公室吧。」

兩人同時暫停作業，前往榊的辦公室。這已經是榊這個月第三次找不破了。不是為了高峰檢察官的竄改事件，就是為了荻山學園的案子。

等著他們的榊，臉上的表情比平時更不耐煩。

「不好意思要你百忙中抽空過來。」

話中隱隱帶刺。聽起來像是還在記恨不破先前拒絕他兩次的事。

「你知道我為什麼找你來嗎？」

「不知道。」

「上次也說過，想請你調查高峰檢察官的竄改事件。不過這次是檢察長的正式命令。」

美晴的身體有點僵住了。通常分配案件給承辦檢察官是次席檢察官的工作，檢察長很少會涉入，由檢察長直接下令更是特例。

「你說你在乎形式，所以只好如你所願。還是要簽署正式的人事命令給你？」

「那倒是不必。只要是正式的命令就行了。」

「當然不會要你單獨調查。而是請不破檢察官加入最高檢派來的調查小組。高峰檢察官為何會竄改公文，請你務必釐清他的動機及背後的關係。」

果然是這樣啊。

可能會以某種形式找上不破檢察官……剛才岬說的話無疑是一種預告。

「聽說你在東京地檢的時候有跟岬次席檢察官一起工作過。」

「我們共事還不到一年。」

「不到一年也能成為知心的伙伴吧。這次的命令其實也是調查小組指名要你，希望不破檢察官務必助他們一臂之力。」

「太看得起我了。」

「大概是岬次席檢察官看中你的本事，推薦你去的。果然是人生在走，朋友要有呢。」

這句話也充滿諷刺意味。平常都處於孤立的地位，所以過去的上下關係就很容易被拿出來說三道四。

「話說回來，既然不是第一次見面，在溝通上應該也沒問題吧。交給你了。」

「我明白。」

「還有一點，不用我說你也知道吧。有什麼發現、調查小組討論了什麼，請逐一向我報告。」

見不破默不作聲，榊又再強調了一遍。

「高峰檢察官的竄改事件對大阪地檢而言也是非常嚴重的問題。本來應該在調查小組查明真相前就該掌握來龍去脈。既然現狀不允許，至少還是要同步進行、了解對方的進度。」

「這也是檢察長的命令嗎？」

「你可以這麼想。有什麼問題嗎？」

雙方的言詞都直來直往，毫無遮掩。簡單地說，就是硬是要不破去當間諜。委託內容跟上次一樣，差別只在於加入調查小組後，要內部調查就更容易了。

不破大概又會拒絕吧——美晴正要擔心，不破就開口了。

「關於報告的內容，請容我思考一下。」

榊的眉毛上下挑動了一下。

「什麼意思？」

「如果隨意報告各種還不能確定的情報，接收訊息的人也會感到混亂。如果是經過精確查證的情報，就能避免不必要的誤導。」

「但我個人希望能得到所有的情報。」

「調查小組最終只會採納確切的情報。如果硬要掌握調查小組的行動方針，未經確認的情報可能會造成誤導。我承擔不起這個責任。」

榊眉間的皺紋變得更加深邃。當不破搬出「責任」這兩個字，局面就對不破有利了。指派他去調查小組其實另有圖謀，立場當然無法踩得太硬。現在又提到責任問題，榊也只能讓步。

「好吧。就交給不破檢察官判斷。」

「那我失陪了。」

再待下去，榊只會提出更多無理的要求，所以不破迅速地結束對話，離開榊的辦公室。美晴趁亂偷瞄一眼，只見榊的怨懟都堆滿在嘴角了。

美晴在走廊上朝不破的背影發問。

「這麼一來不就變成祕密行動了嗎。」

「你指什麼。」

「因為必須要向次席報告調查進度不是嗎。說得難聽一點，這等於是背叛了岬次席檢察官的信賴吧。」

「我會事先告訴岬次席我必須向榊次席報告的事，所以不會有什麼問題。」

「這不就當不成間諜了嗎。」

「誰說我要當間諜了。而且我也取得榊次席的同意，只需要報告我認為可以報告的事。」

聽到這裡，美晴才恍然大悟。仔細想想，搜查資料大量遺失事件時，不破也是直到最後一刻才說出自己的推論。

這一次，他也打算夾在東西兩邊的上司之間貫徹自己的作風。

二、不允許干涉

1

第二天十八日，不破加入調查小組的事正式宣布了。當然，這只是大阪地檢內部的公告，他們並沒有打算對媒體發表。

基於一連串迂迴曲折的背景，必須同時觀察東西兩邊檢察廳的臉色，但為此煩惱不已的就只有美晴一個人而已，不破本人絲毫不為所動。原本就很難從他臉上看出任何情緒，但說不定只是表面上看起來風平浪靜，內心世界除了本人以外誰也無法窺得。

昨天中午過後才接到榊次席的指示，但不破在那之後的工作效率高得令美晴大開眼界。平常就是心無旁騖的人，如今簡直像是接下來要休長假似地、一口氣完成了大量的工作。美晴的業務是檢查送檢的案件，所以必須配合不破要求的速度。拜他所賜，整個下午連喘氣的時間都沒有。等到走出廳舍的時候，已經是第二天的凌晨了。

今天早上又繼續沒完沒了地作業。不只要檢查案件，還把兩件下午才要進行的檢察官訊問提早到上午。這點也對負責調整行程的美晴造成很大的負擔。

不用想也知道為什麼不破打算在半天內消化掉一天份的工作量。因為他預料到一旦加入調查小組，就必須把時間分配到高峰竄改公文案的調查。

「不快點結束竄改公文的調查，遲早會影響到日常的業務。」

或許是連續的繁忙工作讓嘴鬆懈，美晴不由自主地發出不平不滿的抱怨。心想又失言了，便瞥了不破一眼，但那個能面顯然根本沒把美晴的抱怨聽進去。

美晴不禁有點憂心。雖說業務繁重，但美晴的工作只是協助檢察官，最辛苦的還是不破本人。

「檢察官不要緊吧。」

不破總算有了反應。

「你指的是什麼？」

「我是說，工作忙成這樣會不會出什麼問題。」

「妳認為我應該拒絕到底嗎？」

「檢察官就是預料到這點，一開始才沒答應吧。」

「那不是預料。」

語氣十分冷淡，但美晴能理解他的未竟之言。平常就已經忙得不可開交了，再分將近半天的時間給其他業務的話，工作超過負荷也是理所當然的。

「您明知道會變成這樣還答應嗎？」

話一出口，美晴就意識到自己又失言了。任憑不破再怎麼獨來獨往，也無法拒絕檢察長的命令。站在不破的立場，除了服從也別無他法。

「對不起，我失言了。」

美晴向不破道歉。但不破還是老樣子，看也不看她一眼。

美晴始終無法習慣這種尷尬的沉默。為了打破沉默，經常說出不該說的話，把自己逼入雪上加霜的窘境。

至今不知犯過多少次同樣的錯。作為檢察官的事務官早就應該要學乖了，卻始終改不掉這個壞習慣。

「不要隨便低頭道歉。」

「咦，可是……」

「隨便低頭道歉的人也會隨便犯錯。因為這種人認為即使犯了錯，只要低頭道歉就能得到原諒。」

「我沒有這個意思。」

「就算一開始沒有這個意思，成了習慣以後就會變成那樣。每一次的道歉都會降低妳這個人的價值。」

美晴覺得他說得太過分了，但這句話所言甚是。如他所說，區區一個事務官低頭道歉其實毫無價值。

「我會更加注意。加入調查小組之後會更謹言慎行。」

不破終於瞥了她一眼。

「妳的態度會因為對方是誰而改變嗎？」

「不是，那個……」

美晴想修正，但終究把話語吞了回去。不破還是老樣子，看不出心裡在想什麼，但美晴至少看得出來他心情不好。無論自己說什麼，都只會換來辛辣的批判。

「如果妳有空動嘴說話，不如動手做事。這麼一來既不會失言，業務也不會停滯不前。」

本來就已經忙得焦頭爛額，再加上尷尬的氣氛，簡直就像是一種精神上的折磨。當上午的工作結束之後，美晴筋疲力盡地走出辦公室。

食不知味地咀嚼著員工餐廳的B定食，幾乎是基於義務性質嚥下了午飯。熟悉的滋味稍稍緩解了她的疲勞，可是一想到下午即將展開的調查，緊張的感覺又讓胃口變差了。

不破說他會過濾消息後才向上級報告，但美晴可不覺得榊會讓他有選擇的自由。而且以折伏為首的調查小組應該也不允許他洩漏調查結果。最棘手的莫過於榊和調查小組都認為不破是優秀的人才，所以才委託他調查的這一點。愈是優秀的棋子，下棋的人自會對他的能力有很多期待，光靠標準的成果想必無法滿足他們的要求。調查小組與榊將會各自從正好相反的立場期待不破做出的成果，不破等於是陷入了夾心餅乾的狀況。

不破肩負的重擔也會原封不動地壓在自己這個事務官身上。東西兩邊的次席檢察官都知道不破的鎧甲不是普通的硬，既然如此，他們肯定會從事務官——也就是美晴這邊下手。可以想像不破的態度愈頑強，他們對美晴有形無形的壓力也就愈大。

美晴原本不是那麼敏銳的人，但是在充滿疑心暗鬼與權謀算計的檢察廳待了將近一年，多多少少也培養出洞察危機的能力。起初她確實摩拳擦掌、對加入調查小組充滿了期待，但事到如今只剩下全面戒備的警戒心。

而且最糟糕的難道不是自己的性格嗎——就在她意識到這一點的時候，不經意地聽見了身後的對話。

「今天早上的人事通知真是嚇了我一跳。」

「哦，你是指不破檢察官加入調查小組的事吧。從我們家選人已經夠令人驚訝了，沒想到偏偏是不破檢察官，所以可以說是嚇了兩跳吧。」

不用回頭也能猜到是誰在說話。這兩個人都跟美晴一樣是檢察官的事務官。

「據我所知，指名要不破檢察官加入的好像是東京地檢的岬次席檢察官。」

「『鬼岬』怎麼會選擇『能面』呢？」

「好像是因為岬次席檢察官是他在東京地檢時代的上司。」

「哦，原來如此。可是，聽說東京地檢時代的不破檢察官跟現在完全不一樣，是那種心裡在想什麼就會全部表現在臉上的人，不知道是真是假。平常就只能看到他戴著能面的樣子，實在很難相信。」

「我說你呀，要是他從孩提時代就戴著能面，未免也太恐怖了吧。」

「啊，感覺就像惣領事務官那樣嗎。她簡直跟石蕊試紙沒兩樣，不破檢察官以前就是那種感覺吧。」

「姑且不論可不可怕，那樣根本不適合當檢察官吧。」

他們大概不知道當事人就坐在他們背後。原來看在周圍的人眼中自己是這副德性，這個事實重重地刺穿了美晴的心。

「但如果是岬次席選中不破檢察官，表示不破檢察官可能已經被對方策反了吧。而且岬次席是他以前的上司，那就更不用多說了。」

「哪有什麼策反不策反的，那個人從頭到尾就是個外來者。被貶到這裡已經過了好幾年了，可是一直到現在都還沒有融入大阪地檢不是嗎。」

就算是在背後說閒話，這句話也說得太過分了。不管有沒有融入大阪地檢，不破對大阪地檢的貢獻已經足以讓他被人們譽為大阪地檢的王牌了。都做到這樣了竟然還稱他是外來者，排外主義未免也太嚴重了。

「我啊，認為不破檢察官加入調查小組有兩層意義。」

「說來聽聽。」

「其一是以最高檢為中心，對大阪地檢進行肅清。不只特搜部，肩負任命責任的大阪地檢將會有很多人受到處分，然後空出職位給東京那群虎視眈眈的傢伙。另一層意義是利用這件事讓不破檢察官立功，接著光榮地回到東京地檢。然後不破檢察官升上三席、岬次席則高升至東京高檢……這個劇本如何？」

「聽起來很合理。」

「還沒完呢。另一個劇本，本次實際上就是兩位次席的代理戰爭。『東邊的岬、西邊的榊』，這兩個人動不動就被比來比去，但兩人最終的目標還是檢察總長的寶座吧。所以如果能利用這個機會降低對方的評價也不錯。倘若能因為高峰檢察官的醜聞讓更多人受到連帶處分，那就是岬次席的勝利；如果能將傷害減到最低，最後只有高峰檢察官接受處分，那便是榊次席贏了。」

當事人不吭聲，他們還真的愈說愈起勁了——美晴好想抗議，但還是決定繼續聽下去。

「確實很有可能是兩位次席會打的算盤呢。可是情況如果真的如你所說，受處分的檢察官就不提了，事務官又會有什麼下場？」

「沒道理連大阪地檢錄取的事務官都跟著受處分的檢察官陪葬吧。我們應該不會受到牽連。當然也包括高峰檢察官的事務官在內。」

啊啊，原來如此。美晴這才恍然大悟。自家的檢察官目前正在被追究責任，他們卻能面不改色地在這裡高談闊論，原來是認為自己不會受到池魚之殃啊。所以才有辦法事不關己、高高掛起。

「照你這麼說，這件事對不破檢察官也有好處耶。根據我聽到的傳聞，他幾乎是二話不說一口答應了。」

「是嘛，這倒是令我有點意外。因為那個人看起來對權勢還是出人頭地都興趣缺缺的樣子。」

「會成為檢察官的人怎麼可能沒有出人頭地的野心嘛。我猜他只是拚命不要表現在臉上罷了。」

「不管怎麼說，高峰檢察官竄改公文已是板上釘釘的事實，再來只要能快點從他口中取得供述、確認竄改的內容，這件事就能塵埃落定。不用想也知道不破檢察官贏定了。差只差在要花多少時間來結束這一回合。」

「就是說啊。我們只要隔山觀虎鬥就行了。」

「話說回來，惣領小姐也太慘了。」

「怎麼說？」

「如果不好好協助不破檢察官，就會被當成無能的事務官。但如果恰如其分地完成任務，等於是對高峰檢察官落井下石。無論如何，不破檢察官都會回到東京吧，可是惣領小姐還是要繼續留在大阪地檢。自從竄改案見報後，雖然誰也不敢說，不過高峰檢察官其實也有不少支持者呢，肯定不會給跟過不破檢察官的事務官好臉色看。畢竟她等於是背叛了大阪地檢嘛。」

「這就是所謂的裡外不是人嗎。」

聽到這裡，美晴的忍耐也瀕臨極限。餐盤裡還剩下沒吃完的炸物，但她已經完全失去食慾，自知不可能吃得完了。

她站起身來，在走向出口的途中與說閒話的事務官們擦身而過。兩人都露出了宛如小孩惡作劇被發現的表情，目送美晴離開員工餐廳。

走到門口時，背後傳來最後一句話。

「節哀順變。」

離開員工餐廳，滿肚子怨氣無處發洩，絲毫沒有飽餐一頓的滿足感。即使想忘掉，但是那兩個人的揶揄及嘲諷依舊迴盪在腦海。

自己的魯莽大意淪為笑柄、無論竄改公文問題最後以哪種方式落幕皆無法改變美晴抽到鬼牌的命運，這些固然都令她怒火中燒，但最生氣的還是他們認為不破是為了出人頭地才奉命調查這件事。

少胡說八道了。

如果那位檢察官跟其他人一樣，是那種滿腦子只想著要出人頭地的平凡人，美晴也不用這麼辛苦了。一起共事也不必那麼緊張，只要面帶微笑觀察對方汲汲營營的嘴臉就好。不用因為對方毫無破綻而每天疲於奔命。

不過最近就連這種疲勞也逐漸轉變成身心舒暢的疲勞。感覺緊繃的精神與追求速度的肉體每天都在成長。雖說疲憊，但也並非盡是痛苦，就像輕鬆不一定讓人快樂。教會她這件事的就是不破，所以那兩人的信口開河才更令美晴氣得怒火中燒。

但不管是心煩意亂還是暗自煩惱，時間都在無情地流逝。下午的業務開始了，美晴跟著不破前往調查小組分配到的會議室。因為不破是第一天報到，所以應該會先從打招呼開始吧。

走進會議室，最先映入眼簾的是數量驚人的紙箱。地板和桌面全都無一倖免地被堆出一座座的小山，幾乎隔絕了窗外能看到的視野。不光是出售國有地的相關搜查資料，大概還有近畿財務局與校方交涉的紀錄。這些原本都被保管在特搜部的辦公室裡，調查小組抵達以後就全部由他們接收了。

再來看到的當然是房間裡的小組成員。除了折伏、岬，還有兩個人。岬以外的三個人都肆無忌憚地對美晴投來狐疑的視線。

「等你好久了。」

原本坐著的折伏站起來，但不知何故就只是站起來而已。美晴不理解他的用意，直到岬刻意咳了兩聲，才明白他是在等不破主動走向他。

那一瞬間，折伏在她眼中成了非常傲慢的人。這也是仁科提供的小道消息，折伏有望成為最高檢的下一任刑事部部長。聽到的時候，她對仁科的消息之靈通已經不只是驚訝，而是滿心佩服了。但如果自己在最高檢任職的話，可不想在這男人的手下工作。誰會尊敬一個認定只要自己按兵不動，對方就會主動上前伺候的主管啊。

見不破過了好一會兒仍毫無動靜，折伏只好心不甘、情不願地開口：「請坐那邊吧。」岬不知在什麼時候別過臉去，無從揣測他臉上的表情。至於另外兩個人則是完全不掩飾他們的不以為然。

關於那兩個人，美晴已經做過功課了。矮矮胖胖的男人姓當山，臉色很差、瘦巴巴的那個人姓桃瀨。兩人皆隸屬於最高檢刑事部。

一想到這三個人都是最高檢刑事部的人，就不免覺得東京地檢的岬十分突兀。在員工餐廳的時候就覺得他這個人很有意思，想必身為檢察官的知識及膽識也不容小覷吧。

見不破坐在鄰近的椅子上，折伏也跟著坐下，然後瞧了美晴一眼。

「這位是要……」

「她是我的事務官。」

「我要問的不是這個，是想問事務官為什麼會在這裡。」

折伏的聲音像是喉嚨裡卡著痰，帶著一種要他們主動認錯的暗示。

「這次要調查自己人的違法行為。參與調查的人當然是愈少愈好。再說了，這位小姐能成為什麼戰力嗎？」

意料中的反應，美晴行個禮、打算退下。

沒想到不破搶在美晴告退前就先發制人。

「請讓惣領事務官同席。」

「請把理由告訴我。」

「因為事務官是檢察官的影子。」

「別說得這麼抽象。」

「既然是影子般的存在，檢察官的所見所聞也要隨時讓事務官看到聽到。」

「你到底想說什麼？」

「如果是不想讓事務官看到聽到的事，檢察官也不應該知道。」

聽到這裡，折伏的眉間頓時擠出一道深邃的縱向皺紋。

「保密本來就分層級吧，檢察官與事務官知道的情報會有差別也是天經地義的事。」

「檢察官得到的情報屬於遲早都要在法庭上公開的性質，並不是密室交易吧。既然如此，我想檢察官與事務官一起行動也不是問題。還是說，高峰檢察官竄改公文的事有什麼不方便給同在地檢工作的相關人士知道的內幕呢？」
這麼說等於是反過來詰問，只見折伏一臉啞巴吃黃蓮的表情。
「她的口風應該緊吧。」
「要是不緊的話，不出三天就會被我送走了。這在事務官的資質中也是最重要的要求。」
折伏無可奈何地點點頭，這表示即便千百個不願意但還是應允了。
「嗯，事務官的事待會再說。在你成為這個小組的一員之前，有件事要先跟你確認。」
折伏的語氣變得有些粗魯，大概是場面話的時間已經結束了。這種不客氣的口吻才是折伏本來的說話方式吧。
「高峰檢察官和你算是自己人，你知道這次讓你加入調查小組的原因嗎？」
「我並沒有特地思考過這點，因為我是被選擇的人。」
「你說得還真直接啊。」
「無論是什麼原因，我工作的時候都不會夾帶私情。」
「讓熟知地檢內部的人加入調查小組是刑事部部長的指示。但推薦你成為那個人選的是在座的岬次席。聽說你在東京的時候就很有本事了。」
本事肯定是有的，但不破是在東京地檢犯了錯才被貶到大阪地檢。折伏知道這件事嗎？至少從他的字裡行間聽不出他的用意。

「我想確認的，是你對任務的忠誠度。」

從他妄自尊大的語氣聽得出來，他問的不是對工作的忠誠，而是對折伏本人是否忠心。

「我聽說高峰檢察官頗具人望與信賴。身為自家人的你，應該對他這次的醜聞感到很失望吧。同為檢察官，我深表同情。但這跟查明真相是兩回事。若要深入調查，就必須對高峰檢察官提出尖銳的質問。你理解自己目前在大阪地檢乃至於檢察廳的立場嗎？」

「您是指地檢的威信受到質疑嗎？」

「剛才你說工作時不會夾帶私情，這我也有同感。檢察官在調查的時候本來就不應該夾帶私情。然而另一方面，檢察官也是人。即使是長期在同一層樓上班，在宴席上杯觥交錯、切磋琢磨的伙伴，做錯事也必須依法查辦。說得直白一點，必須把他當成嫌疑犯秉公處理，既不是同事，也不是檢察官。」

不愧是接獲特命派來的調查小組，折伏說的話充滿教條的意味，但也表現出檢察官的立場。

「身為揭發、起訴他人犯罪的角色，必須要比一般人更加清廉。否則就無法被市民和檢察體系委任。」

即使面對折伏高高在上的態度，不破連眉頭也沒皺一下。

「我在偵辦的時候原本就不會去區分對方是檢察官還是一般人。」

「那真是太好了。檢察官就是要這樣才行。不過我要求的不只是對嫌疑人的態度，還得擺脫同儕意識、派系、上下關係等各式各樣的桎梏。」

這話不是很多餘嗎。正因為擺脫了派系及上下關係，不破才會被人孤立。孤高這兩個字說起來很好聽，其實是不見容於周邊的人。這根本不需要折伏這個外人再來強調。

可是折伏的用意並不在這裡。

「這個會議室是調查小組專用的房間。出售國有地的相關搜查資料都集中在這裡。不僅如此，一旦待在這個房間，就意味著要徹底把自己當成調查小組的一員。換句話說，必須請你暫時忘記大阪地檢一級檢察官的頭銜。」

「我本來就是這麼打算。」

「榊次席沒交代你什麼嗎？」

「我不明白這句話的意思。」

「推薦你進調查小組的是岬次席，但目前你是榊次席的部下。他是不是命令你加入小組後要向他報告調查的進度？他沒有拜託你要是確定高峰檢察官真的涉案的時候，要審慎評估證詞、讓事情可以和緩地處理嗎？」

不只折伏，當山和桃瀨也以充滿敵意的眼神盯著不破。那無疑是打量嫌犯的視線。

「我就挑明說了，調查小組無意斟酌地檢高層的想法，只想徹底彈劾讓檢方蒙羞的蠢蛋。

放任他違法的人一個也別想逃。不管是不是自己人，都要嚴厲地追究到底，要讓旁人看了都會一掬同情之淚、毫不留情地揮下制裁的鐵鎚。但唯有做到這種地步，我們才能獲得社會大眾的原諒。希望加入小組的不破檢察官也要有相同的覺悟。」

美晴好想揍自己一拳，怎麼會天真地以為初次見面只需要打打招呼就好呢。打從一開始，等著他們的就絕對不會是一團和氣的親睦氣氛。

「根據你的回答，我可能會重新考慮是否要讓你加入。」

根本就是踏繪[5]。

這是逼不破當場表明自己的立場，是要繼續當大阪地檢養的狗，還是轉而向最高檢搖尾巴。

既然要加入調查小組，確實應該忘記自己是大阪地檢的人。但是在這番長篇大論的背後，實在很難掩蓋對方不光是特搜部，還想把所有扯上關係的人都趕出去、好把職位空出來的意圖。

美晴好奇地望向岬。後者依舊別開臉，無從得知他對折伏這番話做何感想。

內心突然冒出一個疑念。

---

[5] 江戶時代，德川幕府實施了禁教令，命令人們踩踏雕刻有耶穌基督或聖母瑪利亞的聖像的銅板，意圖在於辨別此人是否為基督徒或是逼迫基督徒選邊表態。

雖然在員工餐廳看到他不拘小節的一面，但誰也不能保證那就是岬的本性。既然與榊齊名，肯定同樣深諳權謀術數、踩著無數競爭對手一路爬上來。那麼為了累積實績，就算一派輕鬆地籌劃要把大阪地檢整個都換掉也不足為奇。

然而不破才不管美晴有多擔心，平靜地接著說：

「能否得到社會大眾的原諒並不在我的考量範圍之內。」

「你的意思是說，即使檢方威信掃地也無所謂嗎。」

「那也是理所當然的。失去信賴只要一瞬間，取回信賴卻要花上好幾年。即使對自己人稍微嚴格一點，但光靠這種程度的作為所找回的諒解很快就會失去效用的。我們只能兢兢業業地完成任務，既不能違法，也不能有任何疏失。隨便迎合社會大眾只會被看破手腳。」

這一回合也是不破比較有說服力。折伏大為不滿地撇下了嘴角。

「說得好聽，結果你還是不願意表明立場。像蝙蝠一下子是鳥、一下子是獸，確實比較明哲保身。」

「我不清楚能不能稱之為明確的立場，但這是我入廳以來唯一的行事準則。」

不破說完，手指著衣襟上曖曖內含光的檢察官徽章。

折伏這次真的被堵得說不出話來，狠狠地瞪著不破。就在旁人都以為狀況就要一觸即發的瞬間，岬介入了兩人之間。

「折伏先生，這次是你輸了呢。」

「次席。」

「他說的沒錯。端正法紀人人有責。只要身為檢察官一天，我們就無法逃離秋霜烈日❻的規範。展現其意涵的四個字同時也是檢察官存在的意義。這個回合是不破檢察官贏了。」

不得不說岬仲裁得好，可是看在一直在背後靜觀其變的美晴眼中，只覺得岬從一開始就預測到不破會旗開得勝。

折伏說的都是場面話，但不破用更高明的場面話贏了他。如果都是場面話，當然是更有大義名分的場面話會占上風。沒有人能贏過總是能將大義名分化為自身作風的不破。

「不管怎樣，這次是檢察官引發的犯罪。」

岬打了圓場，同時不忘鼓舞雙方的士氣。

「就算彼此的想法有出入，也要記住『吳越同舟』這句話。事不宜遲，讓我們集結雙方的能力吧。這話聽起來可能很誇張，但是能不能守住檢察體系的威信，就要靠我們五個人了。」

❻對日本檢察官徽章的稱呼，也體現在徽章的設計意象之上。這四個字來自於成語，意指秋季冷霜、夏季烈日等嚴峻的氣候。引申為執法與權威的嚴格。此外亦有說法認為，這樣的設計帶有檢察官必須如同冰霜般嚴格，但也要保有陽光般溫暖的意涵。

2

在那之後，美晴整個下午都在跟堆積如山的紙箱奮鬥。

特搜部已經把扣押的文件整理成清單，這次則是再由調查小組扣押當初由特搜部扣押的證物。美晴的任務是比對當時的清單與現有的證物，檢查有沒有遺漏。

重新數了一下紙箱，總共有四十三箱。比對作業也不是單純核對就好，必須仔細檢查頁數是否一致、有沒有缺頁、有沒有混入其他的文件，所以著實不是一兩天就能完成的作業。

至今送檢的案件絕大多數都是竊盜、縱火、殺人等強行犯的案子。強行犯的案件送來的資料固然不少，但遠遠比不上經濟犯的資料。如果是特殊詐欺、賄賂或收賄、逃稅等犯罪，證物大半都是文件，承辦檢察官要花很多時間研讀那些資料。這次的國有地出售案也不例外，調查小組也是先從閱讀資料開始作業，與高峰檢察官的偵訊是同時進行。

雖然不像不破他們那樣鉅細靡遺、滴水不漏地鑽研，然而把文件與清單一路對照下來，依舊能隱約看出貌似遭到高峰檢察官竄改過的文件特性。

以前也站在不破身後聽榊大致說明過，正確來說，高峰檢察官的犯行狀況並不是竄改，而是替換。近畿財務局製作的決議書被整頁換掉了，無法證明荻山理事長主動暗示的現金往來確有其事。

起初大阪地檢特搜部認為暗示現金往來的字眼就藏在這份決議書的記述裡。決議書內有關於國有地買賣價格的交涉紀錄，他們懷疑這份紀錄中是否有頻頻出現包括兵馬議員在內的國會議員姓名。事實上，荻山理事長就供稱他曾向議員詢問能不能「調整」價格。

「抽換的部分是第二十四頁吧。」

在不破旁邊看資料的岬嘴裡喃喃自語。想也知道是在跟不破說話，但後者專心的程度彷彿周圍沒有半個人。

至少也該應個一聲吧。但岬顯然並不在意，又接著說下去。

「換掉有問題的地方，所以前後文銜接得不太自然。我無法靠指尖判斷紙質的不同，但也看過太多官僚文學，看到不想再看了，所以這部分的差異性還是分辨得出來。」

「我同意。」

不破回答，視線仍落在文件上。

「大概是覺得零星的修改會讓文章的脈胳對不上。畢竟國有地出售案才剛見報，社會大眾都在關注這件事，所以才急忙抽換。」

兩人都使用了「抽換」這個字眼，但包括社會大眾在內，連在野黨議員都逕自改成「竄改」二字。抽換行為本身固然是為了掩飾現金往來的事實，但是從這裡也能看出法律人與不是法律人的認知差異。

「地檢內部也認為這是犯罪行為，所以世人要說這是竄改也無可厚非。問題是高峰檢察官為何要這麼做。」

美晴若無其事地豎起耳朵。因為自從本次的事件爆發之後，這也是美晴最想知道的一點。

「我怎麼都想不通。當時正要開始調查高峰檢察官與荻山理事長、還有兵馬議員之間有沒有利益輸送。理事長和議員都是關西人，與高峰檢察官接觸的可能性不是沒有，但直到現在都找不到他們之間的關聯性。雖說都身處關西圈，但三個人分別出身自不同的地方，讀的中學、高中也不一樣。更重要的是，高峰檢察官和另外兩個人的年紀差了一輪以上。名字也不曾出現在荻山學園的關係人及兵馬議員後援會的名單之中。承辦調整官安田啓輔與高峰檢察官畢業於同一所大學，但那是國內學生人數數一數二多的學校，所以也稱不上是什麼了不起的共通點。」

「大學時期沒有接觸過嗎？」

「高峰檢察官大安田調整官三屆。高峰檢察官就讀法律系，是橄欖球隊的成員。安田調整官就讀經濟系，沒有參加社團。兩人完全沒有銜接點。」

也無法想像高峰檢察官與荻山理事長、兵馬議員之間有什麼血緣關係。因為案發當時若與嫌疑人有血緣關係，是絕對不可能成為承辦檢察官的。

「只不過，如同剛才所說，當時正要開始調查。或許是在調查的過程中找到了什麼關聯性。」

「這很難說。」

不破頭也沒抬，提出反對的意見。

「假如兵馬議員與荻山理事長之間確實有利益輸送，而高峰檢察官想要掩蓋這個事實，如果不是基於血濃於水或是與血緣關係同樣深刻的連繫是說不通的。但如果是這麼深刻的關係，初步搜查的階段應該就會浮上檯面。」

「就算你這麼看得起我們的搜查能力，事情也沒有進展吧。」

「各位是受到上級指名、特地大老遠來到大阪的，這樣還對各位評價過低才是錯誤的吧。」

「是嗎。我倒覺得一旦讓不破檢察官出馬，可能會柳暗花明又一村。」

聽在旁人耳中，或許會覺得他們只是在互相吹捧，但是觀察岬的表情，感覺又不是這樣了。因為他的視線親切卻不失犀利。另一方面，不破這個人本來就很難看出他在想什麼，所以也不能傻傻地相信他說的話。畢竟這個人就連平常也絕不會透露真心話，即使面對的是上司也不例外。

「令人費解的事還有一點。那就是近畿財務局保管的影本也被抽換的事實。」

岬再次拋出疑問。一路聽下來，不難發現岬是那種藉由反覆的自問自答來整理問題的類型。

「原本在文件遭到扣押之前，財務局應該就有影印留底。因此就算高峰檢察官抽換掉扣押的文件，影本應該也會保持在抽換前的狀態。為何兩邊都被抽換掉呢。」

「關於這一點，都是因為特搜部的初步搜查太迅速了。」

不破突然開始說明，這讓美晴有些錯愕。

「為了突擊近畿財務局，還沒全部影印完就先扣押了實物。後來應近畿財務局要求才臨時提供影本。恐怕影印的時候就已經被抽換了。」

不破在美晴面前一臉漠不關心的模樣，其實早就將情報都蒐集好了。美晴再次感受到這個男人真是不好惹。

「如果真是這樣，高峰檢察官早在扣押前就已經計畫要抽換文件了。」

換言之，這是一場有預謀的犯案。高峰檢察官的立場愈來愈不利。

「無論如何，最快的方法還是去問高峰檢察官本人。」

「沒錯。明天輪到我偵訊他。現在得快點開始戰術推演了。」

岬露出躍躍欲試的表情。次席的職務是掌握整個檢察廳的動向和輔佐檢察長，通常不會站到第一線工作。像他這種期待與嫌疑人交鋒的次席大概很罕見吧。

第二天，美晴以最快的速度吃完中飯，就衝進了吸菸區。若是繼續待在員工餐廳，天曉得又會在什麼時候聽到哪些令人不愉快的閒話。

最近大阪地檢的檢察官之間流傳著猛一聽還很有道理的謠言。但凡抽菸、肥胖、人太好都會被踢出升官路線。聽仁科說，這是流傳於美國菁英分子之間的說法。原來如此，無法戒菸的話可能是有尼古丁依存症，肥胖則代表缺乏自制力，至於人太好大概是檢察廳自創的產物。

在這種風氣的推波助瀾下，吸菸區只剩小貓兩三隻。會常來的恐怕只有仁科和自己而已吧。

這天也是百般聊賴地等了一會兒之後，仁科就出現了。

「咦，怎麼啦，惣領小姐。妳看起來好沒精神啊。」

「才沒有這回事。」

「妳的皮膚沒有光澤，看起來也死氣沉沉的。」

美晴不由自主地伸手摸了臉。

「開玩笑的啦。但沒精神是真的。顯然會議室裡相當令人喘不過氣來呢。」

「雖然不到死氣沉沉的地步，但確實喘不過氣來。」

「這也沒辦法，畢竟成員是那些人嘛。偏偏跟你最熟的還是不破檢察官。」

「目前還是被另外三人視為眼中釘。」

「誰叫他老擺著那張不討喜的臉呢。話說回來，調查進展得如何？」

「還在研究資料的階段。今天開始由岬次席負責偵訊。」

「如果還在研究資料的階段，表示沒什麼進展呢。」
「就算沒有進展，其實也不能像這樣說出來。」
「只是發洩壓力的話應該沒關係吧。一直待在會議室只會讓人窒息。」
「那三個人的視線真的很緊迫盯人。」
「換成年輕帥氣的小哥，這種緊迫盯人的視線倒是多多益善呢。但那三個人完全不行。」
「岬次席的話倒是已經習慣了。」
「一旦習慣與『鬼岬』相處，不管跟著什麼樣的檢察官都沒問題了。」
雖然仁科說的時候話語半帶驚恐，但實際互動過的美晴並不覺得岬有那麼可怕。工作方面或許會化為惡鬼，但不經意流露的本性就只是個非常普通的中年男子。
「他們好像對房間裡有個事務官非常不滿。」
「因為檢察官的世界還是男性的天下嘛，搞不好就跟相撲界一樣，不准女人踏上土俵。」
這麼說來的確是很貼切的比喻。那種不以為然的視線確實就像是看到女人踏進禁止女人進入的領域。
「不過，五十步就別笑百步了。我們家的人也都以狐疑、甚至帶著不以為然的眼神看他們。妳應該也注意到了。」
「嗯，對呀。」

美晴有些遲疑地點頭。她有一次看到折伏經過走廊時，與他擦身而過的檢察官露出了非常不友善的眼神。

「不只我們家的檢察官，其他的職員也很討厭他們。」

「我還以為事務官會隔山觀虎鬥。」

「一開始是。因為他們認為不管有多少人受到處分都不會波及自己。但對方那種不可一世的態度還是惹惱了他們。姑且不論處分的方向，問題是最高檢派來的人無一不是無可救藥地自以為了不起。即使沒說出口，光看他們的眼神也知道他們是怎麼看待自己的。會尊敬輕蔑自己的人的，就只有癖好很特殊的人而已喔。」

「特殊的癖好是……」

「連事務官都這麼討厭他們，檢察官就更不用說了。誰會主動親近手裡握著青龍刀、隨時要砍下自己首級的人啊。」

最高檢的調查小組與大阪地檢的成員互相看不順眼。即使已經決定要推出高峰檢察官來獻祭了，也無法彌補彼此之間的鴻溝。

「雙方的關係已經變得水火不容了。起初忌憚於對方是最高檢派來的使者，多少有幾分敬畏之心，如今已經完全把對方當成天敵看待。就拿昨天來說，居然有職員揚言要在最高檢調查小組點的外賣裡面偷放瀉藥。」

美晴沉默不語。這肯定是捕風捉影的謠言，但是考慮到職員們的忿忿不平，倒也不是完全不可能。

「可是啊，惣領小姐。我很擔心不破檢察官。那個人平常就沒什麼歸屬感，如果因為這次的事又太過表現出自己的風格，只會在地檢內部樹敵。因為看在其他人眼中，他的行為無異於朝同事背後放冷箭。」

這點美晴也感受到了。與不破同行時，地檢職員及檢察官的目光都非常險惡。以前是覺得他很礙事，對他敬而遠之，最近明顯帶著憎恨與輕蔑的惡意。

原本就已經夠孤立無援了，如今更是逐漸變得四面楚歌。

「真是的，不破檢察官到底在想什麼……雖然本來就不知道那個人在想什麼，不過唯有這次，那張能面可能會讓他陷入絕境。所以惣領小姐……」

「是。」

「為了不讓他陷入絕境，妳一定要好好看著他喔。別讓不破檢察官成為這場權力之爭的犧牲者，那樣太可惜了。」

美晴點頭回應，但是完全沒有信心能改善眼前的狀況。說到底，一來她的立場既無法消除最高檢與大阪地檢之間的恩怨，二來也沒那個能力成為不破的盾牌。

非常時期往往能看出一個人的價值。既保護不了任何人、也無法改變任何事。美晴深切地感受到自己的無能為力。

而且即使身處在這種腹背受敵的情況下，不破竟然還能冷靜地處理上頭交派的工作，內心果然宛如鋼鐵一般強大。

下午，美晴前往會議室。縱使有千百個不願意，但也不能不去。

不破還在專心地讀著資料。最高檢團隊各自發表高見時，唯有他一個人在默默地研究那些文件。

「荻山理事長賄賂高峰檢察官的可能性不高。因為理事長幾乎已經全招了，再賄賂檢察官也沒有任何意義。」

「會不會不是金錢交易，而是什麼承諾呢？假設高峰檢察官將來想進軍政壇，賣個人情給兵馬議員並沒有壞處。」

「雖然這個角度有點刁鑽，但也不是完全不可能。聽說他是大阪地檢特搜部的希望之星，隨著未來退休年齡將至，下一步能去哪裡差不多也看得出來了。如果想換個跑道也無可厚非。萬一沉不住氣，可能會劍走偏鋒。」

「要是高峰檢察官本人願意招供就好了。」

「別想了，不太可能。昨天由我負責偵訊，他只回答一些無關痛癢的問題，一到關鍵處就保持沉默，比徹底行使緘默權還難辦。」

「畢竟平時就是負責偵訊的人，想必深諳我們想避開、感到棘手的陷阱。所以我才不喜歡向檢察官問話。」

「總之今天換次席出馬。我倒想看看那個老江湖會怎麼出招。」

三人到外面去透氣，會議室內只剩美晴和不破。

「可以請教您一個問題嗎？」

「什麼？」

不破回答，視線仍落在資料上，態度與面對岬的時候無異。

「直到接獲正式命令前，檢察官都迴避這次的調查，如今卻唯唯諾諾地聽從最高檢團隊的指示。」

「妳覺得不自然嗎？」

「確實難以理解。」

「既然是指派的命令，那就是我的工作。」

「您知道目前廳舍裡的人都怎麼看待您嗎？」

「我不在意。」

「他們說您是對地檢同僚放冷槍的叛徒。」

「有意見的人就隨他們去說好了。」

不帶一絲情緒起伏的聲線反而讓美晴愈聽愈火冒三丈。他肯定不曉得自己有多擔心吧。還是他打算以從未宣誓要效忠地檢，所以也沒什麼背不背叛的問題來為自己開脫呢。

「他們還說您這麼起勁是為了回東京地檢。」

「同樣的話別讓我一說再說。」

美晴焦躁不已，忍不住開始挑釁。

「難不成被他們說中了？您計畫利用這次的成果回到東京地檢。」

不破沒回答。挑釁了卻被無視。美晴高高舉起的拳頭現在不知該往何處去。

空氣中充滿令人窒息的尷尬。正所謂「雄辯是銀，沉默是金」，如果諺語果真有它的道理的話，那麼始終保持沉默的不破豈不是天下無敵了。

美晴一如往常地對自己那不謹慎的發言感到懊悔。不久後，不破開口問道：

「妳對高峰檢察官有什麼看法？」

「看法……」

「他不只是我們的同事，也是正氣凜然的檢察官。如果是無憑無據的謠言，應該盡快洗清他的嫌疑。就算他真的做了違法的事，也必須找出動機。以上內容就是我收到的命令。」

美晴愣住了。

不破的行動原理單純明快到令人目瞪口呆的地步。一口一聲要對方爭取權利、恢復名譽的自己簡直愚不可及。

這個人的腦袋裡壓根兒沒考慮過東西對決這種小鼻子、小眼睛的鬥爭，徹頭徹尾都只有身為檢察官的使命感。

一起工作都快一年了，還不能了解不破這個男人嗎——就在美晴對自己的愚昧感到深惡痛絕的同時，會議室的門開了。

走進來的是岬。看樣子他剛剛結束對高峰檢察官的偵訊。

「不愧是人稱大阪地檢特搜部希望之星的人物。」

第一句話居然是對嫌疑人的讚美。

「你說的沒錯，近畿財務局保管的影本是抽換後的版本。他乾脆地承認了。但也只承認是扣押後才影印，不承認抽換的行為。問的人和回答的人都知道要害在哪裡，所以非常棘手。」

不知怎地，即使以失敗告終，岬也不是很在意的樣子。或許是早就預料到會有這個結果了。

「知道該怎麼進攻，自然也知道該怎麼逃跑。光靠尋常的戰術無法打破僵局。」

接著，岬不懷好意地看著不破。

「也就是說，輪到不按牌理出牌的檢察官出馬了。明天就由不破檢察官來負責問話。」

言下之意，就像是在表示自己已經都把路給開好了，要是再沒有收到成果的話，可不會輕易饒過你。

3

第二天下午，繼岬之後，不破對高峰的偵訊開始了。跟前幾次一樣，還是在小房間問高峰話。那個房間平常是用來開小型會議的，自從高峰事件爆發以來就成了偵訊室。

不破與美晴先進房間準備。牆上一張海報也沒貼，只有擺在房間中央的桌椅。沒有比這更殺風景的房間了，但如果目的是要質問嫌疑人，確實比檢察官的辦公室要更合適。

「打擾了。」

到了指定的下午一點整，高峰準時現身。

「哦，今天是你啊，不破檢察官。我還以為岬次席會繼續出擊呢。」

明明是隨時都會被起訴的立場，高峰卻遊刃有餘地面露笑容。美晴也在走廊上見過他好幾次，不過這還是第一次正面直視他的臉。聽說高峰以前曾加入橄欖球隊，不只身材虎背熊腰，肌肉也很結實。表情十分精悍，比起檢察官，更像是出席壯行會的運動選手。

「這麼說來，我們明明在同一個地檢上班，但這還是第一次面對面坐著呢。」

「是嗎。」

「畢竟檢察官很少應酬或進行什麼協議。」

「那是沒必要的事情。」

高峰聞言，點了點頭。

「你說的沒錯。我們不需要結黨營私，也不需要打好關係。你對其他的檢察官也沒有任何興趣吧。可是，我對你非常感興趣。大阪地檢的王牌，不破俊太郎。如果有機會的話，真想和你單獨喝一杯好好聊聊。」

「我們現在就在聊了。」

「這不是我期望的方式。而且也不是單獨見面，還有你的事務官在場。不過我早有耳聞，你不管走到哪裡都會讓事務官同席。」

「我不說如果事務官在場就不能說的話。」

「原來如此。你讓事務官擔任自己的監察，以免做出有違檢察官操守的事。早知道我應該也要這麼做才對吧。」

高峰自虐的發言聽起來很灑脫，並不討人厭。這個人抽換了證物，還以為會看到他更卑鄙、狡猾的一面，這點倒是令美晴頗為意外。

「你是指這麼一來你就會踩剎車嗎？」

「不，是這麼一來就有人能證明我沒有抽換文件了。我在處理荻山學園的案件時不讓事務官靠近，如今想來真是後悔莫及。」

「你堅持自己沒有抽換文件嗎？」

「那當然。只因為紙質不同，就硬說我抽換了文件。紙的種類那麼多，就算其中幾頁用了不同的紙也沒什麼好奇怪的吧。」

他的抗辯非常合理，但是懷疑他的調查小組當然也有懷疑的根據。

「公家單位的備品多半是向同一業者統一採購。負責販賣文具給近畿財務局的業者是『Imakuru』的法人部門，其中經手的ＰＰＣ用紙在這十年來都是『Office Lab』的產品。用於製作出售國有地相關決議書的紙張也不例外。然而只有第二十四頁是『日本製紙』的產品。而大阪地檢採購的紙也是『日本製紙』的產品。」

「就不能是巧合嗎。」

「參照文件的前後文，換掉的紙剛好是荻山理事長與安田調整官交涉的部分。這是決定要不要出售的重要部分，所以只能覺得是有人刻意為之。」

「這只是你的感覺吧。沒有任何證據可以證明內容遭到竄改。」

但社會大眾與媒體、當然還有調查小組都緊盯著這一點不放。眼下荻山理事長向兵馬三郎行賄的風聲也都來自他對媒體說的話。只要近畿財務局的決議書留有這個事實，就能以行賄、收賄的嫌疑起訴荻山理事長和兵馬議員。

「調查小組的人都懷疑我和兵馬議員的關係，一口咬定我收了其中一方甚至雙方的好處，但這也沒有證據。你們肯定調查過我的銀行帳戶。不管是荻山學園的問題曝光前還是曝光後，我的戶頭有收到巨額的匯款嗎？」

「沒有。」

「我的車有突然換成高級進口車嗎？」

「沒有。」

「一直住在公家宿舍的我有買進御堂筋的公寓嗎？」

「沒有。」

「我有參加過不符合公務員身分的豪華海外旅行嗎？」

「沒有。」

「有人看到我跟看起來要花很多錢包養的女人在新地喝酒嗎？」

「沒有。」

「對吧。因為我什麼也沒做。」

一切正如高峰所說。調查小組徹查過高峰的私生活，調查他的資產與行為，並未發現比以前高調的事實。

但不破也沒有放棄。

「可以提供的利益不見得只有金錢。」

「是嗎。法務省就算了，討好財務省的族議員對我有什麼好處？還是你認為我要他口頭承諾，等我退休後就要推舉我代表執政黨參選嗎。」

「你對從政有興趣嗎？」

高峰似乎沒料到不破會有此一問，一時反應不過來。

「……倒也不是完全沒有興趣。長年從事檢察官的工作，對法律的不完善萌生太多的想法了。如果能靠一己之力改變，我當然也想改變。這點不破檢察官也一樣吧。」

「不。」不破不假思索地否認。

「現行法規之所以沿用至今，肯定有其理由。我們的工作只是在現行法規的範圍內決定要不要起訴送檢的案件，如此而已。」

「你順從法律的精神真令我佩服。」

「要依照法律去糾舉犯罪的人，不順從法律才不合理吧。」

高峰露出被將一軍的錯愕表情，但隨即重整旗鼓。

「說的也是。你確實是這種類型的檢察官。」

「言歸正傳。在出售國有地這件事上，你沒有與任何相關人士進行利益輸送嗎？」

「對，我沒有。」

高峰抱著胳膊，挺起胸膛。一看就知道那是挑釁的態度，顯然是為了激不破動怒。

然而不用想也知道，不破臉上的表情分毫未動。

「真是令人意外啊。」

高峰一臉費解地說。

「我還以為對法律如此忠誠的你，情緒會更外放一點。」

「為什麼會這麼判斷？」

「我的問題給大阪地檢添麻煩了。等等，我並沒有抽換文件，我是指我因為莫虛有的罪名而受到懷疑這件事。過去那起證物竄改案已經讓大阪地檢的聲名掃地。全體人員正團結一心，想要挽回人民的信賴，結果又變成現在這樣。地檢職員的視線實在太尖銳了，尖銳到讓人痛得難以忍受。」

這是他的真心話嗎？美晴不是很肯定。從他與不破交手的過程中，慢慢可以看出高峰交涉的手法。他並非是採取單方面攻擊的類型，而是一面觀察對方的反應、一面思考下一步棋該怎麼走的那種男人。

特搜部經手的案子大部分是政治貪瀆與經濟事件。比起個人的犯罪，以整個組織大規模涉入其中的犯罪占了壓倒性的多數。如果一五一十地認罪，不只自取滅亡，也會牽連到其他人。所以嫌犯與檢察官對峙時都背負著不能背叛其他人的壓力。

另一方面，檢察官深知對方要保護的東西太多了。有多少要保護的東西，就意味著有多少弱點。只要提出千奇百怪的問題，探詢該嫌犯害怕的是什麼，就能輕鬆完成檢方的筆錄。高峰可能是事先想好檢察官會問嫌犯的問題再來應訊，然後邊回答邊觀察不破的反應。

「不只民眾和媒體。最高檢這次的究責也毫不留情。無庸贅言，毫不留情的原因是為了奪回檢察廳的威信，必須給捅出簍子的大阪地檢一點顏色瞧瞧。換句話說，為了向社會大眾交代，必須推出一個犧牲品來獻祭。所以包括折伏檢察官在內，最高檢派來的檢察官對我的逼問可以說是無所不用其極。不由分說地說我是叛徒、斥責我丟了全體檢察官的臉。」

「岬次席也是嗎？」

「不……那個人有點不太一樣。與其說是憤怒，更像是不知該如何是好，感覺像是不曉得該怎麼處置我。」

「他不是不知該如何是好，而是想看穿你是否就是抽換文件的人。」

「啊，這麼說來，聽說你以前是岬次席的部下。哈哈哈，讓你加入調查小組肯定是岬次席的意思吧。你們在東京地檢原來是關係這麼好的上司與部下啊。」

「我與岬次席在同一層樓共事的時間只有一年。說過的話寥寥可數。」

「是嗎。我還以為你受到岬次席的薰陶呢。一心認定你也會緊迫逼人地質問我。還是說紳士的應對就到此為止，接下來大阪地檢的王牌終於要展開咄咄逼人的質問了？」

高峰依舊在試探對方的反應。美晴很想告訴高峰別白費力氣了。要是這樣的挑釁就能激出不破的情緒，美晴也不用這麼辛苦了。

「我被指派的任務並不是逼問你。」

「那麼你接到的命令是什麼？」

「釐清高峰檢察官是否抽換了文件。」

過於簡單明瞭的回答，反而出乎高峰的意料之外。

「不破檢察官，我知道你是罕見的死腦筋，基本上沒有什麼算計。但你認為這種與教科書無異的信念能套用在同是檢察官的人身上嗎？我這輩子也跟不少性格惡劣、厚顏無恥的嫌犯交手過呢。」

「我不明白與教科書無異的信念有什麼不對。」

相較於高峰的語氣充滿高低起伏，不破始終淡然處之。

「高峰檢察官，你應該比誰都清楚自己在大阪地檢所處的位置。包括你在內，目前的成員都是為了挽回地檢特搜部被弊案打落谷底的威信而投身其中的老將。我實在很難相信身為中流砥柱的你會做出這種違法行為。」

「很高興聽到你這麼說，但你有點太看得起我了。即使我在本次的事件中是無辜的，但我終究只是個凡夫俗子。」

「既然是凡夫俗子，就請盡快說出你隱瞞的事。唯有做好了相應的心理準備，人才會小心翼翼地守著祕密。」

「這句話好像意有所指呢。」

結果反而是高峰被挑釁了。他嘴唇一歪，臉上寫著不滿。

「如果你想對我使出激將法，那就太令我失望了。別忘了我也有不少跟老奸巨猾的政客交過手的實戰經驗。」

「我很清楚。」

「你的目的大概是想從我口中取得抽換文件的證詞，但勸你還是死了這條心。我不會承認子虛烏有的事。如果你是眾人口中的大阪地檢王牌，最好別期待我會自白，自己去找答案如何。」

這無疑也是高峰的挑釁。以牙還牙、以眼還眼。如果一直與對手採取相同的手法，只會陷入難分勝負的死胡同。

可惜這招對不破並不管用。

「我會的。」

他只說了這句話就站起身來。高峰有些錯愕，美晴也同樣驚訝。

「結束了嗎？」

「今天就算再扯下去也不會有任何進展，只是浪費時間。」
不破毫不戀棧地走向門口。美晴只能丟下一臉茫然的高峰，也追了出去。
「檢察官。」
即使從背後叫他，不破也沒回頭。
「就這樣收手真的沒問題嗎？」
「誰說要收手了。」
一如往常，不帶任何感情的聲音。
「我們只有調查小組已經用過的資料。高峰檢察官對這一切早已瞭若指掌。我沒有打算在這樣的戰況下與他玉石俱焚。」
那麼，他打算去找哪些資料——美晴想發問，但又把問題吞回去。
反正自己只是不破的影子。除了跟著這個男人，別無選擇。

第二天，不破傳喚安田調整官來辦公室應訊。
幼犬是安田啓輔給人的第一印象。低著頭、誠惶誠恐的樣子，就像是在冰冷的雨夜窩在紙箱裡瑟瑟發抖的棄犬。很難相信這個看似優柔的男人面對充滿壓迫感的高峰時居然能一步也不退讓。

「不好意思請你過來一趟。」

「不會……反正我目前在單位也只是什麼事都沒辦法做的立場。」

審議文書遭到抽換的案件尚未逮捕任何人。現階段還沒有足以發動逮捕、拘留的證物，只能像這樣不斷地請對方到案說明。站在近畿財務局的立場，對於涉嫌藉由出售國有地來圖利財團的職員，當然也不能讓他照常工作，想必安田每天都只能被晾在位子上發呆吧。

「會找我來是為了國有地出售案嗎？」

「這也是其中之一。但你始終否認有從荻山理事長那裡得到好處。」

「因為確實沒有這件事。」

語尾輕得幾不可聞。

「可是你的生活過得還不錯呢。住在不錯的公寓，上個月才剛換了高級車。」

「那棟公寓大樓是之前有人自殺的凶宅，房租只要市場行情的一半，以我的薪水也付得起。車子也是出過事的二手車。我是在中古車行老闆的勸說下買的。」

「出過什麼事？」

「我也不清楚。老闆不肯說得太詳細，不過想必也是撞過人的車子吧。」

「你跟出過事的房子、車子還真有緣啊。」

「這應該是我的宿命吧。」

「那麼，就連那塊國有地也出過事嗎？」

安田的眉毛挑動了一下。

「不管是從實價登錄還是附近的交易紀錄來看，價格都只有行情的一半。」

「附近的物件能賣得那麼貴是因為條件太好了。四十坪的空地很適合蓋住宅，但是換成八千七百平方公尺的物件，可就不是人人都買得起了。如果有哪家建設公司願意規畫成社區型住宅出售，或許很快就能找到買主，但國有地不允許以買賣為目的出售。所以低於實價反而是理所當然的結果。」

「但即使目的是要蓋學校，背離常識太遠的訂價還是會招來反社會的非議。那種不合理的訂價就算引起不必要的懷疑也不能怪別人。」

「說是背離常識太遠的訂價未免也太誇張了。」

沒想到安田就連面對不破也戰得平分秋色。外表看似軟弱，但是能撐過高峰審訊的人果然有兩把刷子。

「剛才提到凶宅，事實上，那塊土地的確有點問題。」

「請你說明一下。」

「戰爭期間，那塊土地上蓋了軍需工廠。戰爭結束後就改為車床工廠，運作了一陣子，後來遇上經濟不景氣，沒多久就倒閉了。」

「關廠前還有很多稅金沒繳吧。廠長只能用物品來抵債，所以工廠那塊地就成了國有地。這個來龍去脈我也知道，我想了解的是那塊土地有什麼問題。」

安田低著頭，突然安靜下來。

「怎麼了嗎？」

「在不動產的世界裡，各種光怪陸離的事由都能形成事故物件。從像我住的地方那樣有人自殺，或者周邊有墓地或火葬場等一看就知道是嫌惡設施的物件，到治安不好、附近居民素質欠佳等風評也都會成為原因。」

「嗯，從東日本大地震就可以看出風評造成的傷害要遠比想像的還要嚴重。」

「其中也有當地居民才會知道的負評。而且當地居民都諱莫如深，所以也不能對外公開。」

「換句話說，岸和田市向山的土地之所以那麼便宜，是因為有不能對外發表的負評嗎？」

「是的。是必須極為慎重處理的事情。然而負責調查本案的高峰檢察官態度非常囂張跋扈就算了，完全沒有要顧慮附近居民的意思。」

「所以你就不想說了嗎？」

安田非常不甘心地點點頭。

「可是也因為你不肯說，這次又產生了不必要的疑惑。」

不破的語氣十分平靜，安田反倒略帶歉意地低著頭。

「偵訊時提到的機密情報絕不會洩露出去。為了不再滋生更多的誤會，希望你能說出所有知道的事。」

安田點點頭，慢慢地揚起臉來。

「剛才我說過，那塊土地在戰時是軍需工廠。有跡象指出那家工廠製造的可能是有毒的氣體。」

「開發化學武器嗎？」

「事到如今已經無從驗證，好像是以異氰酸甲酯為原料的武器。然而戰爭結束後，軍方不想讓進駐軍知道這裡曾經製造過毒氣的事實，所以將原本保管、用來製造毒氣的原料深深地埋進地底。本來應該要移除帶有輻射物的土壤和植物，政府卻佯裝不知，就這麼放著不管。如果傳言屬實，無疑是非常嚴重的土壤污染。」

「土地很便宜的原因只有這個嗎？假設真的是這樣，在土壤疑似遭到污染的土地上蓋學校不會出問題嗎？」

「有毒氣體只不過是傳言，就算傳言屬實，這個價格也已經把移除污染物的費用考慮進去了，只是無法公布訂價的根據。然而不公布的話，又會被批判賣得太過便宜，實在是非常棘手的物件。」

在不破背後聽他們你一言我一語地交鋒，美晴全身的雞皮疙瘩都站起來了。

她不知道戰時的有害物質能保持多久的效力，也不清楚異氰酸甲酯這種化學物質具有什麼毒性，但這無疑是戰爭中的亡靈為平成世代帶來的災禍陰影。這個事實令她不寒而慄。

「即便只是謠傳，也無法改變這件事非同小可的事實。儘管如此，都到了出售國有地的階段，附近居民卻還是絕口不提，這無非是擔心因為風評導致自己的資產價值縮水。」

「荻山理事長知道這件事嗎？」

「我是沒有跟當事人確認過，但是從他提出的金額低得離譜這點來看，應該可以判斷他是知情的吧。」

「荻山理事長說你給他很多建議，像是申請的正當性及買進價格等等。」

「我不記得我有提到土壤污染的事。」

「根據荻山理事長的證詞，即使投入學園所有的資金仍達不到法定的金額。所以請兵馬議員居中斡旋，調整金額。這是事實嗎？」

安田原本滔滔不絕的如簧之舌又僵住了。

不破看上去也沒有要催促他的意思，只是靜靜地等安田自己說下去。

沉默持續了將近一分鐘，安田終於按捺不住地開口。

「……我不記得了。」

他竟然能臉不紅、氣不喘地講出這句話。拜託兵馬議員關說的事，荻山理事長早就說溜嘴、成為眾所周知的事實。事到如今還堅持自己不知情，肯定是擔心一旦承認的話，對組織的忠誠度就會受到質疑。

這就是所謂的官僚作風嗎。自己也是公務員的美晴，彷彿看到另一個受污染的自己，為此感到坐立不安。

「我換個方式問。近畿財務局的決議書原本由特搜部扣押，後來在財務局的要求下送去影本，沒錯吧。」

「是的。」

「你有確認過影本的內容嗎？」

「看過。」

「決議書有你和荻山理事長交涉的紀錄。特搜部扣押前後可有遭到竄改或抽換的痕跡？」

沒有回答。

「既然你看過內容，應該能判斷有沒有被改過吧。」

重若千斤的沉默繼續蔓延。

知道安田在打什麼如意算盤了。他故意讓人以為他已經知無不言、言無不盡，但只要是對自己不利的證詞就全部沉默以對。陽奉陰違就是這麼回事。

「我們懷疑文件的第二十四頁被抽換掉了。這是影本。」

不破把一張影印紙放在桌上。安田的視線落在紙面。

那張紙是美晴影印的，她當然記得內容。

『4 破例許可的決議書

近畿財務局答應荻山學園（1）延長當局的審查、（2）由當局對開發行為等相關手續向岸和田市提出許可的「承諾書」、（3）對以出售為前提的降價交涉進行協議。

大阪府正式受理荻山學園的設置計畫書，決定於平成二十六年定例私立學校審議會進行本案的討論。

近畿財務局將針對大阪府私學課小中高振興團體進行審查標準（總負債比例限制）的照會。

已確認不僅荻山學園為購入本地而需向銀行借貸的場合，於需要延後過戶的場合，也必須將滯納金加計到負債裡（根據現行的收支計畫，已確認與審查標準牴觸，無法立即買進本地）。』

「光看這一頁，乍看之下是關於裁決的經過報告，但前一頁是與荻山理事長討論審查標準的報告，有頭無尾地戛然而止。換句話說，原本應該寫到你們討論內容的部分突然換成了延長審查的說明。以文章的起承轉合來說，這是非常不自然的寫法。這種決議書通常是由負責單位的職員起草，再由係長、課長輔佐依序審核，再呈到承辦課長、總務課審查線、局總務課長、局長。也就是說，負責寫這份公文的是調整官、也就是安田先生你本人，要是被竄改或是遭到抽換的話，你應該會第一個發現。」

即使證據擺在眼前，安田依舊保持沉默。不知是不是不想直視不破，他的視線始終落在那張影本上頭。

「你認為只要繼續堅持沒有印象了，就能全身而退嗎？」

不破的質問益發尖銳。

「你以為只要保持沉默就不算作偽證嗎？」

不破的語氣並不激昂，所以反而更有迫力。安田的額頭冒出薄薄一層汗水，眼神也流露出焦躁的色彩。

「顧名思義，國有地是國家的財產。你知道非法賤賣國有地就等同於損害國家利益的行為，也是作為一個公務員最嚴重的背信行為嗎？」

這個問題饒是安田也答不上來了。從表情不難看出，他已經深深地領悟到事情的嚴重性。

「最後再請教你一個問題。你在接受偵訊前認識高峰檢察官嗎？」

「不認識。」

「即使你們念同一所大學，只差了三屆？」

「就我所知，檢察官是法律系的學生，參加的是橄欖球隊。所以跟我沒有任何的交集。而且我們讀的是關西地區學生人數最多的大學，即使都是走在同一個校園裡面，但也不過就是擦身而過的路人那種感覺吧。」

4

第二天，不破偵訊的第三個人是荻山理事長。他是出售國有地案的當事人，理所當然是脫不了關係，可是真的看到本人的時候，還是不由得再次萌生了這個人相當可疑的印象。

還以為畢竟是私立學校的理事長，應該要有相應的知性及威嚴，但荻山完全沒有教育家的氣質。粗眉、厚唇、游移不定的眼神都帶給人不入流的印象。

接受媒體採訪時，感覺此人心直口快，有什麼說什麼。可是一旦看到本人就了然於心了，那是鏡頭充分發揮了美化效果的緣故。

「我才是被害人啊。」

這是他面向不破坐下後開口說出的第一句話。

「社會大眾可把我給罵慘了，說我是賣國賊，還說我外表人模人樣、內心自私自利。但我荻山啊，可是個會為了住家附近沒有學校念的人散盡家財的男人喔。說到底我才是憂國憂民，為國家的未來著想的人。結果竟然被當成罪犯看待，真是好心變成驢肝肺。」

雖然大聲喊冤，但他說的每句話都很鄙俗，怎麼也激不起美晴的同情心。話說回來，幾乎等於半買半相送得到了那塊國有地，收的學籍費和學雜費卻跟其他的私立學校一樣，即使美晴對學校經營這個領域再怎麼陌生，也不免覺得校方只是為了賺錢。更別說身為理事長的荻山本人給人的印象像極了老闆而非教育者。

「我今天也忙得要死，還要接受檢察官大人傳喚，回答一些子虛烏有的指控。你說說看，我到底是在什麼時候做了什麼壞事？」

或許荻山打算痛訴自己的無辜，可是看在美晴眼中，只覺得他是來找碴的。

「我知道你很忙碌，但既然受到懷疑，還請你協助調查。」

「我不就是一直在協助調查嗎？為了兒童們的未來，每天都在揮汗奔走。這次只是剛好買下國家要賣的土地，一切都是正當的交易。可是媒體偏要給我冠上一堆莫虛有的罪名，真是氣死人了。」

這個人大概本來就很長舌吧。荻山逮住機會說個沒完。一臉深信只要滔滔不絕，就能為自己消除嫌疑的氣勢。

「聽說你購入的土地是有問題的物件，所以才能以相當於無視市場行情的價格買下。」

「哦，你是指那個毒氣武器還是什麼的謠言嗎。聽起來很嚇人，但畢竟只是謠言，沒有任何證據。再說了，蓋在軍需工廠原址的車床工廠也沒傳出有人莫名其妙死掉的消息。總而言之，戰前或戰爭時的種種祕辛基本上都是有人基於好玩才編造出來的胡說八道。」

荻山一臉受不了似地作勢甩手。

「只不過以我的作風，就連這些胡說八道也不敢掉以輕心呢。我會對那塊地進行徹底的除污染處理。買進價格之所以那麼低，就是因為裡頭也包含了除污的費用。」

「我對那塊土地的合理價格是多少錢並沒有興趣。」

「哦。」

「就算是合理價，土地也有四種價格❼，更別說每塊土地還有自己的條件。只比較市價就要討論是貴還是便宜的話會模糊焦點。」

「就是這樣沒錯！哎呀呀，沒想到檢察官大人對土地交易這麼了解。」

「但另一方面，畢竟是國有財產的移轉交易，如果不能清楚交代買賣的過程，國民是無法接受的。」

「啊，確實是這樣沒錯啦。可是檢察官大人又說你沒興趣知道買進價格。」

愈聽愈覺得荻山就像個風評不太好的不動產仲介業者。

❼分別為實勢價格、公示地價、路線價、固定資產稅評價額。

「我想了解的是這個部分。」

不破遞給荻山一張紙。那是美晴已經熟悉到不行的決議書第二十四頁。荻山只瞄了一眼，了然於心地點頭。

「如果是這張紙，我已經看到不想再看了。可是你們還是一直逼我看這個。」

荻山用指尖敲打著紙片。

「前一頁是你和近畿財務局的安田調整官的交涉紀錄。一路看下來，不免會讓人覺得交涉經過突然在這裡中斷了。」

「哪有什麼突然中斷，交涉內容沒必要從頭到尾全部記下來吧。雖然我不是很清楚，但這種公文只需要記錄重點不是嗎。來找我的記者都說沒寫下來的部分中就有提到議員的名字之類的違法交易證據，不不不，才沒有那回事。」

「但前面明明有關於交涉經過的開頭。」

「不。這份文件雖然只寫到岸和田市的物件，但實際上還有兩個候補地點。一個在門真市的八百萬町，至於另一個同樣位於岸和田市、是寺井町那邊的物件。三塊都是八千平方公尺以上的國有地，但門真市那塊地貴得不像話，岸和田市寺井町的價格就跟向山差不多。不過安田有提醒我寺井町的周圍環境不適合作為小學建設用地。基於這些理由，我才鎖定了向山那塊地，只是沒寫出這部分的前因後果罷了。」

「你接受採訪時有說到這次交易花了不少錢疏通。」

「我說檢察官大人啊，我買的可是八千七百平方公尺的國有地，當然多少要花點錢打點啊。只不過，如果要用行賄兩個字一棒子打死，我也無話可說。尤其是我與兵馬議員的關係，我本來就是議員的後援會成員。先不說有沒有行賄、收賄的違法行為，原本我們就是支持者與被支持者的關係，往來十分密切。有時候我請他喝酒、有時候換他請我喝酒。如果這些都算是利益輸送，那人際關係還要怎麼建立呢。」

荻山的供述與美晴在電視上看到、聽到的內容略有出入，有吞吞吐吐、也有藉詞推托的地方。大概是知道與檢察官的攻防將成為檢方筆錄的正式供述，才因此採取的對策。換句話說，他巧妙地把大放厥詞與呈堂證供分開來使用，好讓檢察官抓不到他的語病。

真是隻深謀遠慮的狸老爹，但負責聽的不破仍一如往常地不顯山露水。漸漸地，荻山也開始留意到不破始終面無表情，不安地皺起眉頭。

「從前面的交涉經過看下來，校方無法籌措到近畿財務局要求的金額，決定延長審查。可是在那之後，就突然敲定以荻山理事長提出的價格出售。」

「就算問我，我也不知道該怎麼回答。我確實向近畿財務局提出過校方能支付的金額，但最後決定的還是財務局。我不清楚他們是怎麼決定價格的。」

「那上面並沒有寫到決定價格的過程。這也是抽換文件問題最關鍵的部分。你認為為什麼會少了這一段的記述呢？」
「我說過了吧。我怎麼會知道呢，那是財務局的問題。」
「你好像沒聽懂這個問題的意思，那我換個說法。你認為誰可以藉由抽換交涉內容的後半部得到利益，或是倖免於難？」
不破換了個問法，荻山一臉費解地看著他。
「檢察官大人到底在懷疑誰？」
「現在問問題的是我。」
「既然決議書是由財務局製作，從中得益的當然是財務局。公家機關沒道理製作對自己不利的公文。」
這句話聽起來很有道理，但是從荻山口中說出來，瞬間就變得很可疑，只能說是發言的人有問題。這種人到底為什麼能成為學校法人的理事長？美晴感到很不可思議。
「都說了，我是被害人。」
荻山哭喪著臉又強調一遍。
「我做的一切都是為了社會大眾，卻被政府單位扭曲成這樣。真是難以置信。」
相較於荻山義憤填膺的控訴，不破盯著他的眼神由始至終都冷若冰霜。
「購買土地的事目前有進展嗎？」

「自從媒體報導出來後就觸礁了。不僅如此，銀行還說之前答應的融資就當沒這回事。簡直是屋漏偏逢連夜雨。」

「還有一個問題。在這次國有地出售案發生之前，你見過安田調整官嗎？」

「完全沒有。這是初次見面。」

荻山以一臉「事到如今還有什麼好問」的表情回答。

「而且我們也只見過一次面。像我這種從事教育的人本來就不會跟財務局的公務員有交集。」

「高峰檢察官呢？」

「那就更不認識了。」

荻山的音量大了起來。

「從事教育的人怎麼可能認識檢察體系的相關人士，又不是黑道。」

「今天就到這裡吧。」

不破以極為公事公辦的口吻說道。荻山聞言有些錯愕。

「我真的可以回去了嗎？你好乾脆啊。那我就告辭了。畢竟我也是大忙人。」

就在荻山起身時，不破又補了一句。

「要是你之後抗議，我也沒辦法處理，所以先告訴你。我剛才說過，我感興趣的是被抽換掉的文件，那是指現階段的情況。」
「這是什麼意思？」
「要是搜查過程中關於行賄、收賄的嫌疑變大的話，不用多說，你那邊的立案也會再列入考量」
荻山原本已經鬆弛下來的臉又繃緊了。
「如果你以為繼續裝作不知情就能逃過法律的制裁，那可就大錯特錯了。也別以為謊言說久了就會有人當真。人會吃飯就得排泄。凡走過必留下痕跡。就像雁過留影，船過水不可能無痕。隱藏起來的東西遲早有一天會攤在陽光下，虛偽的假面也遲早有一天會剝落。」
荻山最後是戰戰兢兢地離開。美晴這才好不容易放下心中大石。
「荻山理事長遲遲不肯露出狐狸尾巴呢。」
不破沒有應聲，視線聚焦在那張決議書第二十四頁的影本上。已經習慣被當成空氣的美晴又接著說下去。
「比電視上看到的更自說自話。他肯定隱瞞了什麼。」
「這句話不合邏輯。」
不破的臉完全沒有抬起來。
「自說自話跟隱瞞了什麼沒有任何正相關。若不是妳的主觀認定，就是沒有根據的刻板印象。」

「您認為他沒有說謊嗎？」

「我可沒這麼說。」

「那他說了什麼謊呢？」

「自己稍微思考一下吧。」

腦子裡塞滿不破出的作業，不知不覺已下到一樓。

雖然還是一臉能面般的表情，所以無法斷定，但不破似乎已經掌握到線索了。明明是跟不破一起行動，不破掌握到了線索，可是自己還是兩手空空，這點讓美晴很不服氣。她一面反芻不破自昨天起與安田及荻山交談過的話，拚命思考。然而縱使想破了頭，也無法從那兩個人的供述中找到明確的謊言。

不破要她自己想，沒有再繼續往下說。但美晴能輕易想像他沒說出口的話。看人的時候如果帶著主觀認定或是沒有根據的刻板印象，採信這種人的假設肯定不會有什麼好下場。

美晴滿頭問號地走出合同廳舍，頓時察覺到異樣的氣氛。

無數的人影伴隨著狂亂的腳步聲一起衝向她。事情發生得太過突然，美晴一時動彈不得。

「請問是惣領小姐嗎？」

「您是不破檢察官的事務官吧。」

人數多達十幾二十人，從前後左右將她團團包圍，根本無處可逃。即使天色昏暗，也看得出來他們手裡都拿著錄音筆或攝影機。

「為了偵辦竄改公文的案子，聽說大阪地檢的不破俊太郎檢察官加入了調查小組，請問這是真的嗎？」

「據說調查小組的岬次席是不破檢察官在東京地檢時期的上司？」

「調查小組目前的搜查進行到什麼階段了？」

「請、請等一下。」

美晴扯著嗓門，但這群人可不會因為這樣就放過她。他們步步進逼，不讓美晴有喘息的空間。

看他們的臂章，不只大阪的新聞記者，就連東京派來的記者也在人群之中。這也難怪，荻山學園的國有地出售案早已變成全國性的新聞，但是被包圍成這樣，不免讓人陷入自己有如案件核心人物的錯覺。

「惣領小姐想必也加入了調查小組吧。」

問題是，不破加入調查小組的事怎麼會走漏風聲。雖然費解，但美晴也猜得到七八分。大阪地檢絕非上下一條心。尤其是發生弊案的時候，總會有人想在內部興風作浪。這次大概也是這種人搞的鬼。

「請讓我過去。」

美晴又拉高音量。腦中傳來要自己冷靜下來的聲音，可是親眼看到排山倒海而來的記者，無論如何都冷靜不下來。

「身為大阪地檢的職員，您對這次的事件有什麼看法？」

「有什麼看法……」

「特搜部接二連三發生弊案，您沒有什麼話想對大阪市民說嗎？」

「我只是個事務官。」

「您不該逃避責任吧。就是因為事務官都像這樣事不關己，才無法阻止檢察官荒腔走板的行徑。」

這傢伙在說什麼。

影子哪有阻止本體的力量呢。

「不光是大阪市民，全國人民的憤慨都蜂擁而至。您身為職員之一，難道不會覺得抱歉嗎？」

這些人為何動不動就要求別人負起連帶責任啊。就算美晴在鏡頭前磕頭謝罪，又有什麼意義呢。大聲叫囂著要追究責任，結果只是因為想看到有人為此下跪謝罪，以消心頭之恨吧。

「您身為事務官，都沒有自己的意見嗎？」

要說意見，她的意見可多了。只是一點意義也沒有，頂多只能成為喜歡嘲笑別人失勢的好事者在茶水間聊的八卦話題。那種話有必要當著這麼多人的面前說嗎？

因為湧現的情感而思緒紛亂的腦子裡好不容易浮現出一句話。

「即便各位只是一根手指碰到我，我也會提出告訴。言語上的騷擾也不例外。」

這群人似乎這才想起她可是刑事訴訟的專家。美晴的警告終於讓許多人收回冒犯的手和靠得太近的臉。只見眾人臉上充滿了憤恨與不甘心的表情。

要再放一句狠話嗎。

美晴撥開人群，快步離開廳舍。

刺骨的寒風吹過臉頰，淚水不聽使喚地奪眶而出。

美晴告訴自己，那都是天氣太冷的關係。

三、不允許串通

1

到了隔天，美晴一早就進了辦公室，這時不破正在與桌上堆積如山的文件奮戰。不同於東京派來的調查小組，不破在處理竄改公文一案的同時還得處理日常業務，等於是一個人要負責兩個檢察官的工作量。一早進辦公室就是為了這個原因，但美晴不免擔心，這樣沒日沒夜的長時間勞動或許會弄壞身體。畢竟上次受的傷還沒完全痊癒。

至少自己應該要減輕不破的負擔。想是這麼想，但美晴能做的事頂多也只有協助作業而已。美晴提心弔膽地用視線追著不破工作的樣子。但不破對她的憂慮渾然未覺，連眉頭也不皺一下地閱讀警方的筆錄。

「我臉上有什麼東西嗎？」

突如其來的問題讓美晴嚇了一跳。

「不，只是擔心您的身體要不要緊。」

「跟平常一樣。我的生活習慣還沒有差到要讓事務官擔心我病倒。」

就算生活習慣再好，這樣的工作量也太繁重了——美晴連忙嚥下險些脫口而出的話。

「如果妳有心情關心檢察官的健康，不如來幫忙確認。」

不破從堆成一座小山的文件裡抽出兩本資料夾。

「這是檢察廳與財務省的職員名冊。請妳幫我從裡頭找出高峰檢察官和安田調整官的同期。應該有幾個跟他們同一所大學畢業的同期生。」

那兩個人都是京阪大學的畢業生。而京阪大學是關西地區學生數量數一數二多的學校。聽說檢察廳跟財務省就有很多京阪大學出身的人。

「找出他們的同期生要做什麼？」

「我想確認兩人之間有沒有私交。如果有，又是怎麼樣的私交。」

「檢察官認為他們以前就認識嗎？」

「我只是想確認而已。」

說得倒簡單，看到資料夾的厚度，美晴不禁望而生畏。政府單位的職員名冊皆已數位化，但即使是司法從業人員，也必須經過許可才能看。檢察廳職員當然可以看，但是沒有以畢業校來過濾的功能，結果還是只能一頁一頁地搜尋。而且過濾出高峰檢察官和安田調整官的同期後，還必須一個一個打去他們服務的地方詢問，不難想像事務工作會因此被擠到深夜。今天也必須要加班了。

縱使滿腹牢騷，但美晴深知不破的工作量是自己的兩倍以上，因此不敢隨便抱怨。這下她才理解有個優秀的工作狂上司原來是這麼不幸的事。

著手過濾職員名冊後，美晴再次感到這是件吃力不討好的作業。先從在檢察廳上班的人開始過濾，但即使是同一所學校畢業、又在同一個時期進入檢察廳，也找不到與高峰有深交的人。

『高峰仁誠？哦，我當然知道啊。畢竟打開電視都是他的新聞。身為與他同期進檢察廳的人，真是丟臉丟到家了。什麼，妳問他大學時代都跟誰在一起？而且是大四的時候嗎？我想想，當時就要司法考試了。我幾乎沒出過門，也完全沒有閒情逸致管別人的事。』

『我記得高峰同學喔。因為法律系很少人打橄欖球，他就像是突然變異的稀有保育類生物，十分引人注目。而且在一群每天抱著六法全書的書呆子裡，只有他一個人高馬大、精力旺盛，感覺非常突兀呢。不過也沒有好事者因此親近他就是了。』

『嗯……雖然都是法律系，但人數實在太多了。他長得那麼高大，確實很顯眼沒錯，但我不清楚他有沒有固定的朋友。不好意思。』

『升上四年級，自然就分成準備考試的人和已經完全放棄、開始找工作的人，大家都殺紅了眼。這時絕不可能再去跟一年級的新生玩在一起。』

『高峰？那個害同期蒙羞的傢伙嗎。我不想談那傢伙的事情，提了只會一肚子氣。』

好不容易找到認識高峰的人，一問之下，對方源源不絕地湧出對高峰的厭惡，不願提供任何有建設性的證詞。與他同期的人都看不順眼他在大阪地檢特搜部的活躍。即使沒那麼嫉妒他，幾乎也都因為這次的事件在心裡嘲笑高峰的落魄。

大阪地檢裡，檢察官之間互扯後腿的光景屢見不鮮。其中也不乏不只互扯後腿，甚至搞到反目成仇的人。沒想到那其實是所有檢察官的通病。

不得不承認檢察官這種職業是一種社會菁英。也不得不承認被稱為菁英的人都是天選之人、是在許許多多的競爭中脫穎而出的勝利者。可是親眼看到他們因為同事落難而暗自竊喜的模樣，就覺得自己死也不想成為這種菁英分子。成為副檢察官雖然也是美晴的目標，但至少她不希望變成那種期待別人落難的人。

對檢察官這種人極盡鄙夷之能事後，美晴開始處理事務作業，也鬆了一口氣。平常覺得枯燥無聊的證物檢查及製作筆錄，如今對她而言都像是沙漠中的綠洲。

正當她埋首於作業時，不破冷不防冒出一句：

「工作時別哼歌。」

經不破點破，美晴才發現自己正哼著歌。

「對不起，不小心產生反作用力了。」

「什麼反作用力？」

美晴想打馬虎眼，但是也很清楚想必瞞不過不破，最後肯定都得坦白從寬。

「白天打的那些電話太令人難受了。大家對高峰檢察官的砲火都好猛烈。」

「對於做出違法行為的同僚不留情面也是人之常情。同情對方的話，自己會被視為一丘之貉。」

「他的違法行為還只是有嫌疑的階段不是嗎。」

「如果沒有深入了解內情，比起包庇，當然是抨擊違法行為給外界的印象會比較好。善於處世的人基本上都是這種類型。」

「那不破檢察官就太不擅長處世了。」

心想「糟了」，但已經來不及了。

不破以不帶一絲溫度的視線冷冰冰地看著她。

「妳對檢察官有太多先入為主的想法，而且還是錯誤的刻板印象。」

「您不也說對於做出違法行為的同事不留情面是人之常情嗎？」

「不留情面與扯後腿是兩回事。我大概可以猜到妳打電話詢問的那些人都說了些什麼，但是千萬不要聽到什麼就照單全收。」

「什麼？您的意思是說，我今天打電話問的那些人都在說謊嗎？」

「妳問的內容與案件有關，所以關於高峰檢察官的回答大概都是實話。但是我剛才也說過，誰都不想為有嫌疑的同事說話。所以語氣當然也會變得很不客氣。因為妳沒問，所以也無從得知他們對高峰檢察官的心證，或者是有沒有說出真心話。是不是真心話只能從對方的表情與過去和對方交手的經過來判斷。所以我的意思，是不要光靠不認識的人在電話那頭說了什麼就做出任何判斷。」

最近已經改善很多了，但是和不破交談，總會讓她發現自己的不足與沒用，這令她無地自容。為了掩飾，她往往會主動挑釁，然後被對方擊沉。

「您到底是站在高峰檢察官那邊，還是站在其他檢察官那邊呢？」

「我哪邊都不站。」

相較於美晴很容易動不動就激動起來，不破的語氣始終冷若冰霜。

「不管對方是誰、不管是什麼事，我只想看清真偽。」

美晴被堵得說不出話來。這句話換成其他人說，只會覺得是口不對心的場面話，但是從不破口中說出來，卻令她不敢反駁。

不曉得該說什麼，美晴默默地將檢方筆錄輸入電腦。不破則將沉默視為理所當然，淡然地處理工作。

結果花了兩天的時間問完十幾個與高峰同期的人，都沒有人提到他跟安田的交友關係。還沒問過在財務省工作的人，但財務省的資料夾比檢察官的厚多了。仔細想想也很合理，雖說想要進財務省也是一道窄門，但國家公務員綜合職考試還是要比司法考試簡單多了，而且錄取人數也天差地別。

這次要花上幾天呢？美晴在心中嘆息，然後試著聯絡安田遍布於全國財務省相關組織的同期們。

『安田調整官嗎？我不認識他。就算是同窗，但妳知道從京阪大學進入財務省的人有多少嗎？』

『安田啓輔？哦，我當然知道啊。不，應該說是最近才想起這號人物。畢竟新聞每天都會提到他的名字嘛。自然而然就想起來了。只不過，想是想起來了，但那傢伙很不起眼，所以我對他的印象非常模糊。當然不可能記得他的交友關係。』

『印象啊……我對他只有陰沉的印象，記得他總是默默地坐在教室角落。那種人肯定也沒什麼朋友。』

『不好意思，在學校和進入財務省後，我跟他都沒有任何交集。』

『安田調整官是我們同期的恥辱。就連提到他都會髒了我的嘴。』

多的是以惡狠狠的口吻指責安田的人，但意外的是也有人站在他那邊。

『哦，安田先生啊。聽說他還沒屈服呢。像這種時候，媒體第一個就拿公務員開刀，但原本應該受到指責的是校方及政客吧。雖然不好大聲張揚，但同期的人都這麼說，說安田是被殺雞儆猴。妳想想看嘛，社會大眾這時如果不抓著一個人窮追猛打，根本很難發洩心頭恨意。』

『這是我聽來的小道消息，每個人都可能陷入與安田相同的立場。所以大家只能悶不吭聲地靜觀其變。否則明天就輪到自己遭殃了。』

『他才是被害者喔。安田老弟不可能做出任何利益輸送的行為。他只是夾在學校法人與議員之間，進退兩難，最後不得不以身試法。』

『我很同情他。可惜我並不認識他。』

耐人尋味的是不同於高峰的情況，不少同期生都彷彿在安田身上看到自己的命運。說是被害妄想症也無妨。不只有人對安田表示同情，大部分的職員都怨嘆自己只是政治家手中操弄的棋子。

看在美晴眼中，通過國家公務員綜合職考試的他們散發著耀眼的光芒。看他們自怨自艾、自憐自傷的模樣，不免有些憂傷。她不打算說些了不起的大道理，但還是希望支撐國家行政的公務員們能更泰然自若。希望他們不要抱持這樣的被害妄想，態度能更不卑不亢一點。

美晴斥責只因為這樣就快萎靡不振的自己，繼續撥打電話。到了第二天，她得到了意想不到的回答。

『安田老弟與高峰先生的關係嗎？嗯，我知道喔。』

美晴大喜過望，又問了一遍。

「我是指近畿財務局的安田啓輔調整官和大阪地檢的高峰仁誠檢察官喔。沒有錯吧？」

『就是現在出現在新聞上的那兩個人嘛。沒錯，就是他們。大學時代我看過他們聚在一起的樣子。』

那一瞬間，美晴的大腦當機了。
因為接到指示，美晴才唯唯諾諾地照做，沒想到真的有人作證。簡直像是從大海裡撈到一根針。
不破剛好就在旁邊。轉告他電話的內容後，不破立刻要美晴與對方約時間。
『如果是利用午休時間的三十分鐘左右應該是沒問題的。不過就算你們特地跑一趟，可能也得不到什麼有力的情報喔。』
「什麼訊息都無妨。非常感謝您的幫忙。」
掛斷電話後，美晴望向不破。他還是老樣子，既無喜悅，也不見驚訝。
「得馬上向調查小組報告這件事。」
「沒有必要。」
「那，至少通知岬次席。」
「還不到可以分享情報的程度。先跟對方見面談談，確認真偽。確定是足以採信的情報再傳達也不遲。像這種時候，不確定的線索只會混淆視聽。」
第二天，不破與美晴前往神戶市中央區的海岸通去拜訪那位願意提供證詞的人。幸好證人在神戶財務事務所的總務課上班，從大阪地檢過去也不會很遠。

「請多指教，敝姓鈴木。」

他們約在合同廳舍附近的咖啡廳見面。鈴木坐在不破面前，輕輕點頭致意。看起來是個非常好相處的男人，即使是初次見面，態度也很親切。當然不是所有在財務局工作的人都是正經八百的性格，但是像他這麼友善的人還是挺少見的。相較之下，不破是那種連友善的友都不知道怎麼寫的人。兩個性格正好相反的人面對面坐著，看在旁人眼中一定很詭異。

「是關於國有地出售案的調查對吧。檢察官親自出馬辦案，想必是為了特搜部的案件。」

「這也是其中之一。」

「還有其他原因嗎？」

「這是我的作風。」

看不破說得斬釘截鐵，鈴木莞爾一笑。

「不拐彎抹角很好。話說回來，您會調查安田老弟和高峰先生的關係，表示您懷疑他們事先串通，做出背信行為吧。」

「特搜部一直以為他們不認識。」

「我想也是。因為網路上完全沒有提及兩人交情的報導。」

「他們各自背上背信的嫌疑，都是因為可能得到了荻山理事長的好處。可是倘若安田、高峰是舊識的話，就必須考慮到利益輸送以外的可能性。」

「所以不管怎樣說，您還是懷疑他們對吧。」

「沒錯。可是如果背後有利益輸送以外的原因，就不只是背信的問題。假使兩人的企圖不是背信，之後的偵辦方向或處分方式當然也得隨之改變。」

「呃……」鈴木搔搔頭。

「也就是說，視我的證詞，可能會改變他們兩個的命運嗎。」

「不能否認這個可能性。」

「真傷腦筋。沒想到會這麼嚴重。還以為只要交代一下我對這兩個人的回憶就能告退了。」

「鈴木先生不用想得這麼嚴肅。」

「能不嚴肅嗎。感覺就像站在法庭上說話。」

「就算真的站在法庭上，您說的話應該也不會有所變化才是。至於您的證詞會讓被告被判有罪還是無罪，那是法官的裁量，並不是證人的責任。」

美晴在一旁聽著，不得不覺得不破這個人真是直來直往，一點也不會轉彎。就算是騙他的又何妨，為什麼不說自己是為了證明兩人的清白呢。

有一種謊言叫做善意的謊言。如果是為了釐清真相，說點小謊應該無傷大雅，但不破顯然不這麼認為。

「就算是這樣，我也不希望自己的證詞讓他們陷入不利的立場。」

「再這樣下去的話，他們將會以最糟糕的方式負起責任來。」

美晴好想捂住這張能面的嘴。老實是好事，但是有必要對證人的決心潑冷水嗎。

「鈴木先生在學生時代與他們交談過嗎？」

「嗯，就是打過招呼的程度而已。」

「他們都是您不想結交的類型嗎？」

「不是這樣，只是我跟他們沒什麼交集。」

「既然您對他們的看法是正面的，為什麼不相信他們呢？至少您應該可以判斷他們的形象不會因為您的證詞而變得比現在更差。」

「不破檢察官……是嗎。您一直在攻擊我的良心及正義感呢。您該不會也用這一套來對付嫌疑人吧。」

「這是我的作風。」

「又是作風嗎。」

還以為鈴木會很傻眼，沒想到他看著不破的眼裡寫滿了憧憬。

「真羨慕您啊。官僚也好、民眾也罷，通常都很難堅持自己的作風。尤其是地位不上不下的中間管理職，往往夾在上司與部下之間動彈不得。以不破檢察官的立場來說，如果要堅持自己的作風，勢必會受到來自四面八方的壓力吧。」
美晴拚命忍住想把頭點斷的衝動。
「我並沒有感受到什麼壓力。」
少騙人了。
等等，這傢伙可能真的跟他的面無表情一樣，對周圍的反感及危機渾然不覺，受苦受累的一向是她這個事務官。
「我沒有什麼了不起的情報喔。」
「或許只是鈴木先生太謙虛。」
「那我就說了。現在是怎麼樣我並不清楚，但京阪大學不光是學生人數多而已，學生也從大少爺到清寒子弟都有，範圍很廣。少爺小姐們都住在華廈或大樓裡享受風光亮麗的學生生活，呃，這種說法太過時了。總之是充分地享受學生生活。另一方面，像我們這種窮學生每天都要打工，既沒有時間，也沒有金錢，正所謂真正的窮人可是窮得連時間都沒有。每天吃飽了這頓，還不曉得下一頓在哪裡。如果要買參考書，一週的伙食費就飛了，只能跟學長姊要他們用過的參考書。」
美晴也有類似的經驗，自己的學生時代過得不是很寬裕。年輕時，餓肚子比失戀或對生命的迷惘更令她煩惱。一天沒吃飯，光是聞到烤肉的香味都會頭昏眼花，聽到減肥這個詞，只會覺得開什麼玩笑。所以不只皮膚，連內臟都能理解鈴木在說什麼。

「儘管如此，學校還是提供宿舍給我們這些窮學生住。雖然距離校本部有一段距離，可是住宿費很便宜。反正也沒有其他選擇，所以就住進去了。」

「幾乎所有學生都是這樣喔。窮人幾乎是學生的代名詞嘛。」

「我和不破檢察官差了很多歲，但學生時代的狀況似乎差不了多少呢。如今是少子化的時代，狀況可能有所改變。總之在那段肚子扁扁的生活中，宿舍附近的定食屋對我們來說簡直就是救世主般的存在。那家店叫『一膳』。炸雞定食和可樂餅定食都便宜到不可思議。老闆為了讓學生吃飽，還會給學生打折喔。白飯和味噌湯都可以吃到飽，不光是住宿生，就連住得很遠的學生也都蜂擁而至。」

真有趣的逸事。想像電話那頭咒罵高峰和安田的京阪大學畢業生都曾在那家定食屋飽餐一頓的模樣，不禁覺得他們其實也沒那麼可恨。

「安田老弟和高峰先生也是『一膳』的常客。」

終於等到兩人登場了啊。

「安田老弟和我一樣都是經濟系的學生，所以我知道他的名字和長相。他去『一膳』吃飯的時候，旁邊通常都坐著體格壯碩的學長。就像大衛和歌利亞，不，更像是吉本興業的漫才搭檔，看上去十分惹眼。有人問安田那個高頭大馬的傢伙是誰，他介紹是四年級、參加橄欖球隊的高峰仁誠學長，當時高峰先生在學弟妹之間也很有名。」

「哪方面有名？」

「他是文武雙全的秀才。打橄欖球的守備位置是接鋒，曾經將京阪大學送上關西前三名的排名位置，同時大家也都說他參加司法考試一定能輕鬆過關。以現在的說法來形容，就是私生活過得很充實的那種人。相較之下，安田老弟則是非常不起眼的草食男。換句話說，看在所有人眼中，都覺得他們的特質南轅北轍。」

「是那種所謂的主從關係嗎？」

「也不是，一般很容易變成那樣，但那兩個人並非如此。當然，我跟他們都沒有深交，所以不敢說得太篤定。可是看在旁人眼中，他們的感情真的很融洽，比起學長學弟，更像是意氣相投的好朋友。」

「他們是怎麼變成好朋友的？」

「嗯，這個嘛……本來就是奇妙的組合，再加上我們都很怕大四的學生，更何況高峰學長又更為特別。我膽子小，不敢靠近他們。」

「也不像是其中一方威脅另一方嗎？」

「完全沒有這回事。嗯……但也不是兄弟的感覺，看起來還是對等的朋友。我對他們的了解只有這麼多。」

鈴木說完，像是在緬懷似地瞇起雙眼。

「那家『一膳』還在嗎？」

「這我就不清楚了。畢業以後就沒有再去過了。就連『寺井寮』還在不在也不確定。」

「稍等一下。」

不破難得打斷對方說話。

「您剛才說了『寺井寮』吧。」

「對呀，宿舍的名稱。因為位於岸和田的寺井，所以直接取了這個名字。安田老弟也在那裡住過。」

就連美晴也想起來了。

說到岸和田市的寺井町，不就是跟置身於國有地出售疑雲中的岸和田市向山物件同為荻山學園的建設預定地、被提出來檢討過的地方嗎。

2

隔天，不破在美晴的陪同下驅車前往岸和田市寺井町。昨天聽鈴木提到「寺井寮」和「一膳」，不破立刻決定要前往當地一探究竟。

鈴木的證詞直指高峰與安田情同知己，但是沒有說到他們屬於哪一種交情。為了取得詳細的情報，親赴當地打聽是極為自然的走向。

當然，他們事先就上網查了位置。「一膳」姑且不論，京阪大學的「寺井寮」已然荒廢、從地圖上消失了。儘管如此，不破仍決定前往現場尋找證人。

「高峰檢察官與安田調整官以前就認識的話，抽換搜查資料是為了包庇安田調整官的瀆職嗎？」

為求慎重，美晴在車上提出這個問題，但想也知道，不破沒有任何反應。明明早就料到會有這個下場，但是在不知道目的地的情況下陪他出遠門還是讓人感到不安。

「不破檢察官。」

「現階段只知道他們是知己。隨意推測會誤判事實。」

「如果是舊識，想包庇對方也是人之常情。」

「這兩個人大學畢業至今已經過了快二十年。要不了十年，不只人心會變，情感也會產生變化。就算以前是在定食屋圍著一張桌子吃飯的關係，現在可能也會變得不想看到彼此的臉。我不是說過，不要用不確定的要素來建立假設嗎。」

他說的沒錯，美晴只能乖乖地閉上嘴巴。

如果保持沉默，會擔心自己是不是猜錯了；如果經不破解說，又會對自己的見識淺薄感到沮喪。同樣的情況一再發生，光是與不破坐在同一輛車上，整個人就快要萎靡不振了。

以前曾經向仁科傾訴過與不破一起行動的苦水。若說完全沒有想要取暖討拍的心情是騙人的。沒想到仁科不只沒有安慰自己，還換來一頓訓斥。

『照我說呀……惣領小姐。我的話可能有點刺耳，但不破檢察官這麼說或許是故意要打擊妳的士氣。』

『為什麼要故意打擊我的士氣？』

『因為每年都有新的事務官滿懷希望進入檢察廳，大家最先受到的洗禮就是摒除刻板印象。雖說事務官的工作是輔佐檢察官，但不管是詢問嫌疑人還是製作筆錄，做的事其實都跟檢察官一樣。既然如此，有時候事務官也必須具備與檢察官相同的判斷力才行。這時太傻太天真或過於熱血都很容易誤判。所以如果是原本就玻璃心的人，不如趁早打碎，才能成為好用的事務官。』

『萬一士氣跌到一蹶不振該怎麼辦？』

『那就到時候再說。基本上，受到一點挫折就一蹶不振的人也好不到哪裡去。沒搞清楚纖細與縝密的差別。』

仁科的忠言實在很逆耳，甚至有幾分職權騷擾的味道，但不到一年就辭職的事務官確實不在少數。不分政府民間，決定錄取人數時似乎都會事先評估將會有多少新人做沒多久就辭職，因此一年過後自會淘汰掉一定的人數。所以故意打擊新人或許也是一種篩選方法。

就在美晴思考著脆弱的心繼續受到打擊的話，自己最後還能剩下什麼的時候，車子已經開到目的地了。

京阪大學「寺井寮」的原址現在是月租停車場。可以容納三十多輛車的空地只停了一輛輕型車，幾乎沒有人使用。

民宅東一間、西一間的，全都是屋齡貌似超過二十年的老房子，以一定的間隔分布。每一戶人家都有足夠的停車空間，難怪沒有人要租用眼前的停車場。放眼望去沒有商店，所以這處停車場就更加沒有利用的價值了。儘管如此還是硬要蓋個停車場，大概是不希望空著的話還要多繳固定資產稅吧。光看街景已經猜到了七八分，可是當「寺井寮」所在地的樣貌映入眼簾的時候，還是驚訝得說不出話來。

實在很難想像這裡以前曾經是學生宿舍，而且有上百名學生住在這裡。不破說人心只消十年就會變，但土地及建築物要改變風貌連十年都不用。

還記得以前住在這間宿舍的安田嗎——簡直是竹籃打水的問題，但是都來到這裡了，不去詢問左鄰右舍就沒有意義了。不破與美晴分頭進行打聽。

很快就得到結果了。

「學生宿舍？哦，很久以前那棟啊。你說住在那裡的學生？安田？不認識耶。你知道以前有多少學生在那邊出入嗎。怎麼可能記得每個人的長相啊。」

「不好意思，我們是搬過來的。我們搬來的時候，那裡已經是一片空地了。」

「不知道、不知道。我現在很忙。識趣一點快滾，不然我要撒鹽了❽。」

「你們是警方的人嗎。找我有何貴幹，沒事就離遠一點。」

戶數很少，再加上居民的態度極為冷淡，所以不到三十分鐘就問完一輪了。

「安田調整官原本就不是顯眼的人嘛。」

美晴脫口而出，為自己的徒勞無功找了藉口，但不破不以為意地離開了宿舍舊址。

「走吧。」

不用說也知道，下一個目的地是距離「寺井寮」五百公尺的定食屋「一膳」。

不同於宿舍舊址，就連用街景服務也無法找到「一膳」的所在地。光靠鈴木的敘述無法鎖定確切的位置。

萬一那家店已經關門大吉，這次真的要鎩羽而歸了。希望能避免這個結果。

根據鈴木的證詞，「一膳」的客人幾乎都是學生。因為開在宿舍附近，這是可想而知的趨勢。那麼既然「寺井寮」已經不在了，自然也沒有客人再上門。

---

❽日本文化中同樣認為鹽具有驅除邪穢的功用。由此衍伸出討人厭的對象造訪之後就要去門口撒鹽淨化的手法與口語應對。

美晴其實已經做好「一膳」倒閉的心理準備了。雖然沒有任何確切的根據，可是看到宿舍舊址的現況後，「一膳」還在的可能性微乎其微。要是過於期待，到時候會很失望。

離開舊址，一整段路都是田地與錯落的民宅。田地也都荒廢了，到處林立著枯木。沒有人車經過，荒涼的風景令美晴甚為心寒。

這大概就是所謂的寂寥吧。土地需要人類的生命力，年輕人都走光了，土地就會開始荒廢。荒廢的土地更留不住人，也就更加欠缺活力。土地一旦荒蕪，建築物也會跟著腐朽。日後只有靜靜地迎接死滅。

期待這裡能有什麼線索顯然是大錯特錯。正當美晴心灰意冷時，馬路對面出現了一家店鋪。

定睛一看，店門口的塑膠招牌隱約可見已經褪色的「一膳」二字。

「檢察官，找到了！」

美晴不由得加快腳步。

然而隨著距離拉近，不安也油然而生。店裡完全沒有熱鬧的氣息，作為指標的塑膠招牌不僅飽受風吹雨打，上頭還有一條明顯的裂縫。

走到店門口，絕望成了確定。原本擺放食物模型的玻璃櫃空空如也，門口的玻璃霧濛濛的、看不見裡面的樣子。營業中的牌子也沒掛出來，豎起耳朵，店內沒有半點聲響。

揮棒落空。這下要放棄了。

然而，在不破的字典裡顯然沒有放棄這兩個字。只見他把手搭在門把上，說了聲：「打擾了。」

沒想到門居然「嘎啦」一聲開了，不破大搖大擺地走進去，美晴只能跟上。

明明是大白天，店內卻很陰暗。燈沒打開，屋裡滿是塵埃與黴味。

眼睛習慣黑暗後，逐漸看清楚店內的模樣。雖然還看得出以前是定食屋，但桌上積了厚厚的一層灰塵，早已看不見桌面。貼在牆上的菜單全都破破爛爛的，沒有一張看得懂原來都寫著什麼。吧台後方就更暗了，什麼也看不見。

腦海中立刻浮現出廢墟二字。

「請問老闆或是有哪位在嗎？」

自言自語的瞬間，傳出了回答聲。

「不速之客倒是有一個。」

因為太過突然，美晴差點跳起來。望向聲音的來源處，只見有個人影默不作聲地坐在吧台的角落。

是岬。

「這家店真不懂待客之道，來了三個客人，卻連一杯水也沒端出來。」

「次席。」

「怎麼，看你一點也不驚訝。」

「我想過這個可能性。安田住在『寺井寮』的時候曾經把住民票遷到那裡。調查小組中如果有誰會特地前往現場，大概就只有岬次席了。」

「嗯。但我不太喜歡自己的行為模式被人猜到啊。不破檢察官也真是的，如果要來調查，怎麼沒向我報告。」

「我不打算報告與調查進度無關的訊息。」

「就知道你會這麼說。」

岬以無可奈何的口吻說完，就請兩人坐下。美晴花了點時間才拍乾淨椅子上的灰塵。吧台的角落就是牆壁，密密麻麻地貼滿已然褪色的照片。稍微瞥了一眼，好像是客人的拍立得照片。

「我發現安田以前的住址就在荻山學園建設候選地附近。不過我並沒有任何確切的證據。不破檢察官又是基於什麼理由呢？」

不破把從鈴木口中得到的證詞告訴岬，岬毫不意外地頷首。

「一個一個去跟他們大學時代的同期確認嗎。雖然很費工夫，但的確是最確實的方法呢。所以你們是來找他們兩個在學生時代的交集嗎？」

「次席又是怎麼找到這家店的？」

「我在學生宿舍附近走來走去時偶然發現這家店。如你所見，已經歇業了，不過反正沒東西可偷，所以門也沒鎖上。」

「您問過老闆了吧。」

「老闆就住在這家店後面。宿舍關閉後幾乎沒客人上門，只能關門大吉。清空家當後想出售，但這十年來完全沒有人要買。」

在這麼偏僻的地方開店，大概只有狐狸會來。就連對不動產十分外行的美晴也知道賣不出去。

「有人認識學生時代的安田或高峰檢察官嗎？」

「沒有。不過光是找到這家店，這一趟就不算白跑。」

「你發現了嗎？」

岬與不破的目光不約而同地射向貼在牆上的某張照片。美晴順著他們的視線看過去，險些驚呼出聲。

泛黃的照片中，有兩個勾肩搭背的年輕人。兩人都看著鏡頭，露出燦爛的笑容。

毫無疑問，那是年輕時代的安田與高峰。

「我正在找能夠證明他們兩個是知己的人，這張照片勝過千言萬語。」

「同意。可是不破檢察官，你從這張照片導出了什麼假設？」

「目前只能確定高峰檢察官審訊安田時，可能有部分的談話沒有寫進筆錄裡。正因為是知己，反而不能睜著眼睛說瞎話也說不定。」

「要拿這張照片去質問本人嗎？」

「已經習慣偵訊的高峰檢察官大概會行使緘默權。安田也一樣，如果高峰在偵訊時給過他建議，可想而知他也會沉默到底。」

「但他們恐怕不知道還有這張照片。因為不知道，才能假裝不認識。換句話說，這張照片對他們具有炸彈般的威力。沒道理不拿來用，你不這麼認為嗎？」

「就算要用也不是現在。」

岬一瞬也不瞬地直視不破的雙眼，心領神會地點頭。

「把炸彈留到破壞力最大的時候用嗎。你還真是老練啊。真想讓那些一找到線索就迫不及待地拿給當事人看的毛躁傢伙向你學習學習。」

不用說也知道他口中的毛躁傢伙指的是誰。

「次席，您是一個人來的嗎？」

「我在調查小組中算是比較能自由行動的邊緣人。畢竟到了這個歲數，幾乎沒機會親赴現場辦案了。好不容易爭取到自由，當然要善加利用。」

相較於有些隨興的岬，不破還是老樣子，不顯露任何情緒。

「想請次席告訴我您特地一個人大老遠跑來這裡的原因。您打算怎麼處置高峰檢察官？」

「跟你一樣，我只想確認事情的真偽……光是這樣大概說服不了你吧。」

「是的。」

「為什麼？」

「因為次席跟我不一樣。」

「呵呵呵。你認為除了上頭的指示以外，還有別的原因嗎？」

「若是只有上頭的指示，您應該不會大老遠跑來岸和田單獨搜查。」

「很好的發想，但我們不要對答案。那太不解風情了。」

岬從牆上撕下那張拍立得照片，小心翼翼地用手帕包起來。

「這張照片暫時由我保管，可以嗎？」

「請便。」

「是時候發揮年輕時鍛鍊的本事了。我會努力找出最有傷殺力的瞬間。你們接下來打算做什麼？」

「我還要去別的地方。」

「是嘛。那我先告退了。」

岬站起來，舉起一隻手揮了揮就走出店外。美晴跟岬單獨說過好幾次話，但還是無法完全掌握岬的為人，只知道沒辦法從他的態度來判斷。岬看起來有些玩世不恭，不讓人知道他心裡在想些什麼。

「不破檢察官，您說還要去別的地方。」

「我要去查證荻山理事長及安田調整官的供述。」

不破也接著起身離開座位。

「岸和田市的寺井町，還有岸和田市的向山同為候選的建設預定地。根據荻山理事長的供述，安田提醒他寺井町那塊地的周邊環境不適合蓋學校，但是完全沒提到為什麼不適合。」

3

起初也是荻山學園建設候選地的寺井町物件位於距離「寺井寮」舊址開車幾分鐘的地方。假如安田提醒荻山理事長那塊地不適合蓋學校，就有必要搞清楚他這麼說的理由。

寺井町的國有地總面積八千四百平方公尺，確實如荻山理事長所說，與向山的地差不多大。但美晴只看過那塊地的白地圖，所以不曉得在哪裡。

決定前往寺井町時，不破大概就已經決定也要去那裡轉一轉了，所以他要美晴準備土地建築物的登記簿。如果不是像向山的物件那種工廠原址，基本上不可能有八千四百平方公尺的面積。這塊地也不例外，在收歸國有之前是私人經營的醫院，名叫鏑木醫院。與大部分的國有地相同，所有權移轉的理由是因為繳不出稅金，只好抵押不動產。

「能開辦醫院在醫生之中也算是頗有成就了，沒想到還是會有繳不出稅金的情況。」

「那只是妳的想法太天真。全國有太多開不下去的醫院了。」

車子開了十分鐘即抵達目的地。

美晴隨不破下車，四下張望，果然與白地圖或從街景服務看到的印象大相逕庭。隔著一條馬路分布著低矮的住宅，醫院駭人的廢墟建物就在其中。

大約有三分之一的腹地成了停車場，被茂密的雜草覆蓋，已經看不出水泥地的部分。前後左右都沒有類似道路的痕跡，可見已經有好一陣子沒有人接近這棟建築物了。

四周都是雜草的建築物是一棟三層樓的混凝土建築，中央有座尖塔。美晴覺得與其說是醫院，更像是天主教學校的校舍。

好幾扇窗戶都破了，歷盡風霜雪雨，牆壁也變得髒兮兮的。風化成斑駁的模樣，完全看不出原來的顏色。

這時有兩個原本蹲在附近便利商店前的金髮青少年走向美晴。

「大姊，妳來這裡做什麼，妳是廢墟迷嗎？」

「比起去看這種廢墟，要不要做點更好玩的事？我們知道一個好地方喔。」

這不是第一次有陌生男子主動找她說話，但這麼露骨的搭訕還是很罕見。

看了不破一眼，他正站在距離腹地有一段距離的地方，遙望廢棄的醫院。

「您在做什麼？檢察官。」

不破沒有回答，看了醫院廢墟一眼，就一腳踏進草叢裡。

「等一下，檢察官。」

美晴想叫住他，但不破彷彿沒聽見美晴的呼喚，逕自撥開雜草前進。

「檢察官？」

兩個少年面面相覷。

「沒錯。我們是檢察廳的人，如果你們想接近我，請辦好正規的手續再來，我會好好奉陪的。」

「不、不用了。我們想起還有別的事要做。」

兩人一溜煙地沿著來時路跑走了。美晴趕緊想追上不破，但一腳踩進草叢裡才發現雜草長到高及自己的腰際，幾乎令她動彈不得。殘留的朝露沾到身上，感覺非常不舒服，但不破似乎完全不在意的樣子，一步步朝著建築物靠近。從建築物的狀況來看，裡頭的醫療器材肯定都不能用了。再說，如果是值錢的東西，應該早在收到扣押通知前就已經賣掉了才對。

不破沒幾分鐘就走到窗邊，後面才到的美晴也跟著往裡頭窺探。

室內的情況比想像中還更加荒廢。

美晴看到的是候診室，不知從哪裡入侵的爬牆虎遮掩了走廊。牆壁上到處都是裂縫，沙發還斷了一隻腳，大幅傾斜。

好像沉船的內部啊。看起來就像是已經有二十多年沒有人為介入、放任自然的觸手恣意伸展，最後就連人類想要介入也不行了。

「至少該拆掉建築物、把這裡夷為平地，這樣可能還會有人想買。」

「就算變成法拍，法院也不可能學建商做那種事。」

所謂法拍是指國稅局或稅務署為回收債權，拍賣扣押的動產或不動產。通常會以市價七成左右的價格拍賣，如果一次拍不掉，就再降價兩成，如果還賣不掉，則繼續降價。要是這樣還賣不掉，就只能放著不管了。以鏑木醫院為例，因為拍到第三次都沒有人要出價，所以就這樣擱著任其荒廢。

「第三次的法拍價格應該已經降到接近市價的七成左右了對吧。」

「考慮到拆除費用，這種建築物就算只賣市價的七成還是太貴。而且也不能忽略法拍物件的瑕疵。」

法拍物件特別便宜還有一個原因，那就是通常會有很多干擾買氣的因素，像是部分債權人死都不肯搬遷，或是還有短期的租賃契約。購買這些物件是為了得到利益，但是一般市民會因為價格太便宜而胡亂出價，破壞行情。不只法拍，大部分拍賣物件的價格都隱含這些瑕疵，所以便宜是理所當然的。

「剛才您看了整塊腹地，是為了什麼？」

「惣領事務官是大阪人對吧。儘管如此卻沒有發現嗎？」

不破的壞習慣又來了。或許他只是想確認美晴是否理解，但表情冷若冰霜，總讓美晴覺得他是在譴責自己的無知。

「我在看有沒有填土。」

不破開始說明，對美晴內心的糾葛佯裝不知。

「如果是填過土的地方，一旦發生大地震導致地盤滑動，一下子就會崩塌了。經歷過阪神大地震、新潟縣中越地震，日本在平成十八年四月修正了宅地造成等規制法，根據該法規，填過土的地方必須進行防止崩塌的補強工程。國家會提供補助，但還是要由土地所有者負擔一大部分。不過這塊地並沒有填土。」

他的意思是說，並未發現與地盤有關的不利因素。

「安田調整官供稱從周邊環境來判斷，這塊地不適合蓋學校。」

「我想確認他說的是真是假。」

不破說完便轉過身去，走向腹地外。看來是不必踏進醫院的廢墟裡面了。

擺脫雜草後，不破不曉得又想到什麼，開始慢慢地沿著腹地的周圍走。邊走邊左右張望，似乎是在觀察周遭的狀況。

「那個，檢察官。」

「先安靜一下。」

這句話說得實在很不客氣，但不破以命令的語氣提出要求的時候通常都有他的用意。美晴壓抑住滿肚子氣，閉口不言。

跟在不破身後繞行腹地的四周後，美晴總算明白他的用意了。

不破正在觀察這塊地所在的環境。噪音、廢氣、附近是否有嫌惡設施等。他在確認安田供述的周邊環境實際情況。

沒多久，不破走向住宅區。這裡都是屋齡相當高的房子，外觀幾乎都一樣，可見是同時出售的成屋。

不破在其中一戶的門前停下腳步，按下對講機。

『喂，請問哪裡找？』

「我是檢察廳的人。」

一時半刻沒有任何反應。但這也是理所當然的反應吧。

『請問……有什麼事嗎？』

「我正在這附近打聽鏑木醫院的事。」

『……稍等一下。』

對講機那頭傳來竊竊私語的聲音。還以為對方會拒絕，沒想到玄關門打開了。有個看上去五十多歲的主婦探出頭來。

「要談這個是沒什麼關係，可是你真的是檢察官嗎？」

美晴立刻往前一步，出示檢察事務官的識別證。

雖然看到了識別證，對方還是深感懷疑的表情。即使美晴向她說明檢察官一般沒有證明身分的證件，她仍舊一臉狐疑。

「太太，請問妳住在這裡很久了嗎？」

「我嫁過來的時候，那家醫院還沒開呢。不過你們問那間倒了二十多年的醫院是要做什麼？」

「我們在調查那塊地為什麼一直賣不出去。」

「對呀，確實賣不掉呢。一直空在那邊風吹雨打。」

「我也不覺得周圍的環境有什麼問題。很安靜，就算拿來蓋學校也不奇怪。」

「就是說啊！」

主婦臉上的神情突然解除了戒備。

「雖然離車站有一段距離，但這也代表聽不到電車的噪音。附近也沒有工廠或幼稚園，非常安靜。是很適合居住的好地方。」

「儘管如此，卻沒有人願意買下那塊醫院腹地，這是為什麼呢？」

「難道不是因為面積太大嗎？這一帶的單坪地價不高，可是那麼大的一塊地，一般人也買不起吧。」

「如果分筆，也就是切成小塊的土地來賣就賣得掉嗎？」

「我想應該賣得出去喔。不過那塊地光是整理就很費工夫吧。」

「那為什麼乏人問津呢？」

「我又不是不動產仲介，所以不是很清楚，不過鏑木醫院曾經接到很多投訴。」

「投訴？有什麼糾紛嗎？」

「不知道有沒有鬧上警局，好像是醫療疏失之類的傳言。患者一下子減少了許多。還有啊，禍不單行的是主力銀行也出了狀況。」

「是哪一家銀行？」

「就是那家木津信用金庫啊。醫院患者減少的同時，銀行在經營上也出了問題，所以即使醫院的經營陷入困境，也申請不到追加融資。」

「不能拜託其他金融機構嗎？」

「院長和木津信金的人好像是老朋友，聽說對醫院的融資審查只是走個過場，不過這也只是傳言。就算是老朋友，如果不嚴加審查就隨便融資，也難怪經營會出狀況了。」

「如果真有嚴重的醫療疏失，應該會被報導出來。」

「至少我沒有在報紙或電視上看到這則新聞。剛好當時也有其他醫院爆出藥害愛滋[9]感染的大騷動。相較之下，岸和田的私人醫院問題簡直是微不足道的小事。」

「只因為謠言就沒有患者上門嗎？」

「那當然啊，如果這附近只有一家醫院就算了，但一公里外就有市立醫院。比起傳出奇怪謠言的私人醫院，一般人都會選擇去市立醫院吧。」

「所以醫院就倒閉了吧。那院長後來怎麼了呢？」

「這我就不知道了。當時就跟連夜逃走沒兩樣，沒有人知道鏑木先生的下落。」

也許是判斷從她口中只能問出這些了，不破向主婦道謝後便結束話題。

美晴覺得有點不太對勁。不破想確認那塊地適不適合蓋學校，這點美晴也能理解。但檢查周邊環境就算了，為什麼還要詢問醫院倒閉的原因跟院長的下落？

「檢察官有什麼在意的事情嗎？」

美晴問道，不破頭也不回。她已經習慣不破如此冷淡的反應了，但還學不會光看他的背影就能猜到他在想什麼。

「您的目的是調查物件的現狀對吧。」

「對。」

「那有必要調查前一個所有者的下落嗎？」

果然，不破沒有回應。雖然她覺得已經習慣這種反應的自己很沒出息，但也有些驕傲，那種感覺真是詭異。

「看看這附近一帶，妳不覺得很奇怪嗎。」

「我沒有特別感覺到。除了白天就有貌似不良少年的小夥子聚集，也沒看到任何的嫌惡設施，治安也不差。如同剛才那位太太所說，因為離車站有點遠，所以要興建什麼設施或許是不太方便，不過就居住層面來說十分僻靜，我不認為有什麼問題。」

美晴邊說邊思索自己的話有沒有破綻。對手可是不破啊，但凡邏輯出現些許矛盾之處，都會毫不留情地被抓住語病。

「妳的觀察太膚淺，而且也沒有分析狀況。」

看吧，來了。

「那塊地要興建大規模的設施並沒有那麼不方便。不管是圖書館之類的公共建設還是醫療

❾日本於１９８０年代爆發的醫療疏失。當時提供血友病患者使用的凝血因子製劑，因為作為素材的來源血液可能來自高風險族群且未經加熱處理，造成約１８００名患者感染愛滋病的重大風波。

設施，離車站近都不是必要條件。考慮到電車行駛的噪音，離車站遠一點反而好，只要有大面積的停車場，幾乎可以忽略交通問題。看了這一帶的住宅區之後妳還沒發現嗎？家家戶戶都有停車空間，可見這附近的居民都習慣開車移動。如果是大阪市內就算了，一旦來到郊外，汽車才是主要的交通工具。」

他不是只有大概看了住宅街區，還確認了這些部分啊。

「離車站有段距離，表示也遠離鬧區，反而很適合興建教育施設。因為也不需要進行防止崩塌的工程，所以不用考慮到多餘的費用。另外就像妳所說的，也適合興建住宅，如果能分割出售，或許還能規畫成新興住宅區。」

「既然如此，為什麼沒有買家？」

「現在就是要找出原由。只不過這麼一來，安田調整官供述中那些關於周遭環境的理由就變得站不住腳了。」

「難道還有別的理由嗎？」

「我說過正在找了。」

不破用一臉「別再要我說明」的表情結束了對話，走向停車的地方。

下一個目的地是學園建設預定地——位於向山的物件。與寺井町那塊地都在岸和田市內，沒道理不去調查。

「您剛才說安田供述的可信度有待商榷。」

因為沒有回答，美晴便繼續往下說了。要是事事都看不破的臉色，根本討論不下去。

「也就是說，跟向山那塊地有關的軍需工廠背景也值得商榷嘍。」

「同樣的話別讓我說那麼多遍。現在還在找答案。調查階段不要有先入為主的想法，會造成誤判。」

「他的供述不足採信並不是先入為主的想法，而是鐵一般的事實吧。」

「內心的想法會隨狀況變來變去的人還說什麼鐵一般的事實。」

「那您又是怎麼想的？您不是因為剛才打聽到的消息，才發現安田調整官的供述無法採信嗎？」

不破再度沉默。但他的沉默不是否認，而是覺得要回答這個問題很麻煩。

美晴終於反應過來了。

不破打從一開始就不相信任何人的供述。

沿著南海電鐵的鐵路路線開了一段路，車子總算離開了住宅區。遠方那片工廠大概是位在臨海地區南側的纖維工廠。這裡是阪神工業區一隅，民宅寥寥可數。窗外向後飛逝的景色中，暗色逐漸多於亮色，即使車窗緊閉，也能聞到鐵和油的臭味。

這塊地被大大小小的集合住宅區給包圍。集合住宅區的居民應該都是在工廠上班的從業者。也就是所謂的產業園區集合住宅。周圍的建築物還算新，所以空蕩蕩的廢棄工廠顯得格外顯眼。寺井町的物件因為雜草叢生的關係，所以看不太出來，但是八千四百平方公尺的面積足以和向山這塊地匹敵，確實相當寬廣。

向山的物件先由荻山學園買下，拆除以前的廢墟後變成空地。然而就在快要完工的節骨眼卻傳出收賄疑雲，導致工程不得不暫停。幾台失去工作的重型機具帶給人冷清寂寥的印象。

美晴試著想像蓋在這片腹地上的校舍。校舍四周都是產業園區。雖然沒有違法，但還是非常格格不入。

荻山學園強調自己是九年一貫性的義務教育學校，但興建小學必須遵循文部科學省規定的小學設施整備方針。其概要如下所示。

第一　校地環境

一　安全的環境

（一）對於地震、洪水、漲潮、海嘯、雪崩、滑坡、山崩、地盤下陷、土石流等自然災害能保有安全性。甚為重要。

（二）能安全設置建築物、戶外運動設施的地質及地盤，同時沒有具危險性的埋藏物或受污染的土壤。甚為重要。
(三)安全的地形,沒有危險的高低差或深池。甚為重要。另外,如果有腹地,希望盡可能利用自然的地形,避免過大的人為施工變動。
(四)必須考慮到通往校地的道路寬度、連接部分的長度等,遭逢緊急情況可以讓人避難,且不能阻礙緊急車輛進入腹地。甚為重要。
(五)沒有死角,視野開闊的地形為佳。
二 健康且文明的環境
(一)能獲得良好的日照及空氣。甚為重要。
(二)排水狀況良好。甚為重要。
(三)具備良好的景觀及視野為佳。
三 適合的面積及形狀
(一)面積必須能容納現在必備的學校設施,最好能預留足夠的面積以因應將來的建設需求。
(二)希望是方方正正的形狀。
第二 周圍環境
一 安全的環境

（一）附近沒有車輛頻繁進出的設施。甚為重要。
（二）附近沒有會產生噪音、廢氣的工廠及其他設施。甚為重要。

二 教育方面的適當環境

（一）附近有社會教育設施及社會體育設施等能夠共同使用的設施為佳。
（二）規畫時最好考慮到學校間的合作及與地區設施的連結。
（三）附近不得有風俗營業等規制與業務適正化法（昭和二十三年法律第一二二號）第二條所規定的風俗行業或性風俗相關特殊行業的營業場所。甚為重要。
（四）附近不得有興行場法（昭和二十三年法律第一三七號）第一條所規定的娛樂場所中，對教育方面不適當的設施。甚為重要。
（五）附近不得有以刺激不勞而獲的心態為目的之不特定多數人進出的娛樂設施。甚為重要。
（六）附近不得有其他對教育層面不適當的設施。甚為重要。

放眼望去，不難看出荻山學園建設預定地僅能算是勉強符合整備方針。以離工廠還有一段距離的藉口來迴避第二項的一之（二）所提到的噪音、廢氣；第一項的二之（三）中提到的景觀及視野，也能以各人的印象及感覺不同來推托。

然而就算能藉詞推托，依舊改變不了與周圍的風景格格不入的事實。即使對都市景觀沒有任何概念的美晴，也知道要在這裡蓋學校實在有點勉強。不過這也只是站在文部科學省白紙黑字規定的立場來看。

從私立學校理事長的角度來思考，這麼大的產業園區也意味著有同樣可觀的潛在學齡兒童。就像是在滿是魚的魚塘中垂釣。荻山理事長決定在這裡蓋學校實屬在商言商的合理判斷。

如果安田所言非虛，預定地的地底深處真的埋藏著製造毒氣的原料，就完全不符合整備方針要求的安全環境這一條了。

「可是在決定建設預定地之前，應該徹底進行過地質調查了吧。」

「問題是不曉得能挖到多深。如果是足以成為戰爭罪證的東西，想必會盡可能能埋多深就埋多深吧。」

「檢察廳肯定不會出這筆開挖費用的。」

「如果看不到現場，只能蒐集證詞。」

跟寺井町那塊地一樣，意謂在這裡也要去向當地居民打聽。

美晴又往周圍看了一圈。很難想像在這塊鱗次櫛比的產業園區，裡頭的居民會有戰爭時期或戰後的活證人。就算找遍整個園區大概也相當困難。

然而不破卻毫不遲疑地走回停車處。

「檢察官，現在要去哪裡？」

「妳沒聽見嗎。要去蒐集證詞。」

想必不破事先就想好要去哪裡了。他們的車不到幾分鐘就抵達目的地。

那是一棟平房中的不動產業者。寫著「津久田不動產」的招牌看來年代久遠，與貌似昭和時代就存在的店鋪比鄰而居，十分古色古香。到達後美晴就反應過來了。不是只有左鄰右舍才知道與特殊物件有關的內幕。買賣不動產的人想必比任何人都更了解詳細且正確的訊息。

推開門走進店內，裡面只有一個白髮老人無所事事地坐在那邊。不破告知來意後，對方立刻露出好奇的表情。

「荻山學園買下的國有地啊。因為是大阪地檢的案件，難怪檢察官先生會來問案。」

老人就是老闆津久田本人。

「車床工廠因為不景氣倒閉時，最後幾年別說是所得稅，連固定資產稅也繳不出來，結果因為滯納稅金被扣押了。」

「聽說車床工廠的前身是軍需工廠。」

津久田打量不破的眼神充滿了佩服。

「你連那麼久以前的事也知道啊。沒錯，那裡以前確實是軍需工廠。是終戰那一年才改成車床工廠的，在那之前是間由軍方直接管轄、名叫『富士美化學』的工廠。」

「請問軍需工廠是怎麼變成車床工廠的？」

「好像是因為有很多生產線可以沿用，所以幾乎是以頂讓的方式成交。」

「不能只撕掉軍方的標籤嗎？戰爭時期的軍需工廠到了戰後直接轉型成一般企業的例子其實不勝枚舉吧。」

「你是指所謂的鑄劍為犁嗎。像是製造飛機引擎的工廠變成汽車零件工廠，或是罐頭工廠直接改為民營。可是也有一些無法轉型的工廠喔。」

「我聽說以前製造過化學武器。」

不破順水推舟地接話，津久田的眼神頓時蒙上一層陰影。

「不愧是檢察官，什麼都知道。沒錯，『富士美化學』在戰時確實製造過毒氣，所以沒辦法轉為民營。而且還把製造毒氣的原料深深地埋在地底……你是指這件事吧。」

「是的。所以聽說那塊地即使拿出來法拍也一直拍不掉。」

「檢察官先生，那個啊，全是胡說八道。」

津久田不以為然地擺了擺手。

「我們家從父母那一代就從事這份工作，所以也聽說過一些內幕。『富士美化學』製造毒氣這部分確實如你所說，但是製造出來的毒氣在實戰上根本派不上用場。再說了，如果此事屬實，當時的進駐軍怎麼可能放著不管呢。不是為了什麼世界和平的理想，而是敵國的軍事技術不管三七二十一都先搜刮殆盡再說。更重要的是，就算外行人自以為埋得再深，以進駐軍的設備一下子就挖出來了。」

津久田的話很有說服力。說到底，要是舊日本軍手上握有那麼厲害的武器，戰局應該也會有所改變吧。

「怎麼會有這樣的謠言傳開呢？」

「想必是鎖定車床工廠的人為了便宜買下那塊地散布的謠言。算準廠長已經六神無主，為了讓他接受自己提出的價格才故意放出謠言。沒想到廠長還來不及賣掉，土地就被政府扣押了。可是謠言這種東西一旦傳開就無法收拾。反正散布謠言的人並沒有任何實質損失，也沒必要特地去糾正，結果就變成這樣了。」

安田也說毒氣可能只是謠傳，但是像這樣從他人的口中聽到真相，還是令人感到愕然。

「謠言的恐怖之處就在於明明無憑無據，卻不能置之不理。事實上有很多不動產都因為風評導致鑑價比實價還要低。搶不搶手將直接影響價格，這點在不動產也不例外。」

言下之意是要局外人不要多嘴。

「法拍物件多多少少都有一點瑕疵。售價設定得遠比市價低也是因為這個原因。所以才會有專門的業者負責購買法拍物件。外行人要是貿然出手，可能會玩火自焚。」

「荻山理事長也是如此嗎？」

「豈止玩火自焚，簡直是被燒得體無完膚。我是不知道這個人是多麼能幹的理事長，但是在買賣土地這方面還是跟外行人沒兩樣。」

4

第二天，美晴隨不破前往會議室，折伏已經久候多時了。

「聽說你昨天親自去調查岸和田那塊地啊。」

折伏開口的第一句話就是高壓式的質問。站在不破身後的美晴感到十分憤慨。不破固然有義務報告調查的內容，但是就不能說得更婉轉一點嗎。就算是小組內的命令系統，不破也不是折伏帶的小弟，這樣的態度讓美晴感到極為不快。

岬滿臉歉意地站在折伏身旁。看來是岬讓折伏知道不破跑去現場調查了。

「抽換文件的人是高峰檢察官。你搞錯調查的方向了吧。」

「追本溯源，也是因為先有國有地出售案，才會發生抽換文件一事。我認為當務之急是確認安田調整官與荻山理事長之間的交易是否屬實。」

「那你調查出什麼結果了？」

不破向折伏報告他在向山和寺井町打聽到的內容。依舊只報告已經得知的事實，隻字不提自己的覺察及推理。

這才是報告原本該有的模樣，但美晴總會忍不住加入自己的刻板印象或成見。唯有像這樣聽別人報告時，才會察覺到自己的壞習慣。

「大致上清楚了。也就是說，安田對向山那塊建設預定地並未做出虛偽的供述。雖然不到白跑一趟的地步，但是花上一整天就只有這種程度的成果，實在令人不敢恭維。」

折伏毫不掩飾他的不滿。

「我倒不這麼認為。」

不破也沒有退讓。

「有沒有跑這一趟，將改變我對安田調整官和高峰檢察官的偵辦方向。」

「不管怎麼說，這都不是重點。現在最重要的是高峰檢察官抽換文件的動機。聽說不破檢察官是審問的高手，你為什麼不繼續去向高峰檢察官問話？」

「因為不斷重複相同的問題是沒有意義的。」

「這是檢察官該說的話嗎？」

折伏用手指敲打桌面。他的每個動作都令人煩躁不已，美晴光是要控制自己不要動氣就快筋疲力盡了。

「只要反覆詢問相同的問題，供述就會產生矛盾。逮住那個破綻才是偵訊時的道理吧。」

「這招對於會訊問犯人的高峰檢察官是不管用的。」

「那麼，你說說到底什麼才對他管用？我才不管他是大阪地檢特搜部的希望之星還是什麼的，說到底他不過就是個人。一旦成為嫌疑人，自然會露出弱點，要是不針對這點進攻的話還算什麼偵查啊。」

儘管折伏就像是在教訓新人，但不破依舊不為所動。

「正好相反。如今落到嫌疑人的立場，高峰檢察官的防備只會更加堅固。一般的做法不可能奏效。」

「你是有什麼對策嗎？」

「目前還在摸索。」

「說得真好聽啊。那你打算摸索到什麼時候？」

「直到我能說服自己為止。」

了解不破的人自然知道他的用意，但如果不了解他，大概只會覺得被愚弄了。折伏顯然是後者，臉色在瞬間有了變化。

一觸即發。正當房間裡的氣氛劍拔弩張到極點時，始終保持沉默的岬在這個時候開口了。

「折伏先生，我明白你焦急的心情。但你的思慮是不是也有些漏洞。」

沒想到會被自己人倒打一靶，折伏的臉色一陣青、一陣白。

「你這句話是什麼意思?岬次席。」

「就算是不破檢察官，赤手空拳也無法戰鬥。必須讓他全盤掌握調查小組的動向才行。」

「你到底想說什麼。」

「當山和桃瀨上哪兒去了?從三天前就沒看到他們。」

「……去調查了。」

「如果你不方便說，那就由我來替你說吧。他們在調查兵馬三郎議員身邊的人吧。」

美晴頓時感到疑惑，但隨即就反應過來了。

原來是這麼回事啊。

高峰的抽換文件疑雲就接續在國有地出售風波之後。原本負責調查國有地出售案的高峰幾乎處於被限制的狀態，所以荻山學園的問題也暫時擱淺。於是當山與桃瀨打算接棒、繼續調查兵馬議員。

原因就連美晴也猜得到。因為揭穿現任議員的瀆職比起偵辦大阪地檢特搜部的弊案更加接近平步青雲的道路。

折伏尷尬地轉向岬。

「我確實是讓他們去調查兵馬議員有沒有不正常的金錢往來。」

「不是匯到祕密帳戶，就是直接給現金。無論是哪一種，你都想證明他收了荻山理事長的賄賂嗎？」

「國有地的出售金額與行情差太多了。差額肯定進了中間人的口袋。」

「那是大阪地檢特搜部的案子吧。」

「這可能與高峰檢察官抽換文件的動機有關，沒道理放著不管吧。」

「但是如果能順利證明兵馬議員收賄，你會把功勞原封不動地讓給大阪地檢特搜部嗎？」

折伏答不上來。他的沉默如實地表露出他的企圖。

別說懶得生氣，美晴覺得自己直接被打敗了。派他們來明明是為了調查抽換文件的事，他們卻想趁亂偷走大阪地檢特搜部只差一步就要釣到的獵物，簡直就是趁火打劫。

「在追查高峰檢察官動機的同時，順便證明兵馬議員收賄。真要說的話這種情況也不是不可能，所以誰也不會怪你。可是就算不怪你，也會心生怨懟。這樣你也不在乎嗎？還是說就算留下禍根，因為到時候你已經回去東京了，所以大阪地檢特搜部的怨懟只好轉向最高檢刑事部去。」

被岬數落一番後，折伏轉守為攻。

「當身為調查核心的高峰檢察官傳出抽換文件的疑慮，大阪地檢特搜部就已經失去機能了。由最高檢刑事部的我們特地前來助他們一臂之力，應該沒有人會反對吧。功勞什麼的，等事情圓滿解決再來討論也不遲。」

少騙人了。美晴內心這麼想著。

發生抽換文件這等醜聞，大阪地檢特搜部的地位會比以前更加為難。面對東京派來的最高檢刑事部成員，自然也不敢太強勢。而且對方也絲毫沒有要顧念他們的面子。

岬不可能忘記雙方的角力關係，但是就連他也像是說不出話來，只能輕聲嘆了一口氣。

「無論如何，只要釐清真相，讓該受罰的人受到懲罰，剩下來就是茶壺裡的風暴，輪不到我說三道四。不過，至少調查小組內部應該要共享經由調查所獲知的事實。否則不破檢察官也沒辦法依大家的期待發揮實力。」

「……你說的沒錯。啊，請不要誤會，我打算等掌握兵馬議員收賄的確切證據後再跟次席和不破檢察官分享。如果造成誤會，我在這裡先道歉。」

誤會什麼啊。

明明是做了無從狡賴的事，然後被岬指出來了。

「只是過程也沒關係，有發現荻山理事長給兵馬議員金錢等財物的跡象嗎？」

「還沒發現給兵馬議員個人的獻金。但荻山理事長是兵馬議員的後援會成員，所以透過資金管理團體來轉移金錢的可能性很大，所以正在追查這方面。」

「這也是大阪地檢特搜部的著眼點。既然如此，共同偵辦不是更有效率嗎。不要浪費兵力。」

「我來協調看看。」

「然後是不破檢察官。你也聽到了，我們調查小組將著手偵辦兵馬議員的收賄案。如果能幫上檢察官的話，要不要也加入這邊的搜查？」

「不用了。」不破想也不想就拒絕。「現階段不需要我吧。」

這句話聽起來是自謙還是暗諷也因人而異。岬是前者，折伏是後者。自己的一言一行給人的感受居然能形成如此鮮明的對比，這種人還真是非常少見。

「我先失陪。」

或許是坐不住了，折伏逃也似地離開會議室。岬以視線目送他的背影離開，輕哼了一聲。

「明明是很優秀的男人，目光卻如此短淺，真是白璧微瑕啊。你別放在心上。」

「不會。」

「話說回來，你剛才報告向山及寺井町兩處物件的時候，沒有提到貼在『一膳』牆上的那張合照，這是為什麼？」

「從那張照片只能得出兩人是知己的事實與走得很近的印象。印象並不適合出現在報告內容裡。」

「就知道你會這麼說。」

岬說完這句話，意味深長地笑了。

四、不允許遺忘

1

第二天，不破傳喚安田調整官到檢察廳應訊。

因為是第二次的問話，或許是習慣了，安田看起來比上次從容了幾分。莫非這會是惴惴不安的小動物開始親人的一刻嗎。

「該不會又是相同的問題吧。」

安田有些不客氣地主動出擊。

「不斷重複相同的問題，只要發現答案跟上次稍微有所出入就緊抓著不放。聽說警方和檢方都是用這套手法來逼嫌疑人招供，真是浪費時間的做法啊。」

如此明顯的嘲諷也是已經習慣偵訊的證明。不過，包括折伏在內，調查小組輪番上陣時問的都是相同的問題，也難怪安田會抗議。

「恕我僭越，我認為這只是在浪費時間。」

「我也有同感。」

或許是沒料到會聽到不破這麼回答，安田愣住了。

「我知道很多搜查員都採取這種手法，但反覆問同一個問題只對記憶力欠佳或缺乏自制力的人有效，並非萬靈丹。尤其對你應該是起不了作用的。」

「你太高估我了。」

「我看人還挺準的。」

安田的疑神疑鬼全部寫在臉上，問題是沒有人能從不破的臉上看出他在想什麼。安田仔細地觀察一番，最後還是死心了，嘆出一口氣。

「如果不是一樣的問題，你到底想問什麼？」

「前幾天，我去看了荻山學園建設預定地。」

明明是波瀾不興的說法，安田還是忍不住注視不破的嘴角。似乎盤算著如果看不懂他的表情，至少想從口吻揣測他的情緒。

「岸和田市向山。是個被產業園區集合住宅包圍的地方，但是和廠區保持一定的距離，所以聽不到噪音，也沒有廢氣問題，並未背離小學設施整備方針。考慮到集合住宅區的住戶數量，可望招收到一定人數的學生，在成立上也有理有據。」

「不破檢察官真是個特立獨行的人。」

安田注視不破的眼神彷彿在看什麼珍禽異獸。

「如果特立獨行的說法太失禮，那就換成與眾不同好了。畢竟截至目前負責問我話的檢察官都是根據筆錄或資料來問問題，沒有人像你這樣跑去現場調查。」

「我的作風是一定要看到現場才甘心。我也聽說『富士美化學』的種種傳聞了。『富士美化學』的確是負責製造毒氣的軍需工廠，但出乎意料的是，也有人表示他們製造的武器其實毒性並不強，都是車床工廠倒閉後，希望便宜買下來的人捏造出來的謠言。還說實際上如果真的製造出那麼厲害的化學武器，進駐軍不可能坐視不理。」

「沒錯。所以你相信上次偵訊時我說的話了嗎？毒氣製造工廠什麼的只是謠言，但莫須有的風評導致價格下跌卻是事實。為了消除謠言，必須進行地質調查。這部分當然也會反映在購買土地的金額上，結果只能以匪夷所思的低價售出。」

安田的語氣有些飄忽，難免讓人起疑，但與不破一起勘查過現場的美晴知道他說的是真的。如果說，有人會煞有其事地說謊以取信於人，那麼也有人明明說了實話，卻因為態度太軟弱而導致沒有人願意相信。美晴認為這個世界就是這麼莫名其妙。

「向山的土地因為種種原因，價格便宜得不合理，這點我明白了。可是另一方面，我並未找到你與荻山理事長協商時，其他備選物件、與實價相符的物件不適合蓋學校的確切證據。」

安田的臉色變了。明明是他在觀察不破的表情，如果自己的表情變來變去，那可就本末倒置了。

「同樣在岸和田的寺井町，基地面積八千四百平方公尺，與向山的八千七百平方公尺不分軒輊。根據荻山理事長的證詞，你告訴他比較這兩塊地後，寺井町的物件不適合蓋學校。」

「沒錯，確實是這樣。」

「我也去看過寺井町的物件。聽說以前是一間名為鏑木醫院的私人醫院。廢棄後一直找不到買家，就任由其荒蕪了。」

「因為滯納稅金，所有權一旦移轉，就沒有人管理土地和建築物了。」

「我有一點不明白。醫院的廢墟確實需要大手整頓，但是以居住環境而言，並沒有讓人避之唯恐不及的設施。即使距離最近的車站有段距離是硬傷，但附近十分安靜，也沒有嫌惡設施，是再理想不過的教育環境。既然如此，你為何會判斷那塊地不適合蓋學校？」

不破的語氣還是淡若清風，但已具備讓安田方寸大亂的破壞力。只見他始終直視不破的視線開始轉移到桌面上，嘴唇抿成一條線。

「附近的治安也沒有特別差的跡象，就算治安不太好，或許也能藉由興學來改變附近的治安。目前大阪府就有不少小學都蓋在郊外。計畫得再長遠一點，還能利用興建學校的機會鋪設新的鐵道網或吸引商業設施進駐。就拿向山已經形成產業園區集合住宅的前例來看，寺井町的物件反而更有助於活化地域。」

「以上都是你的猜測吧。更何況，荻山理事長可絲毫沒有讓地方活性化這麼崇高的理念，只在乎荻山學園能招收到多少學生。」

安田嗤之以鼻地說。如果將荻山理事長批評得一文不值是為了撇清與他之間的關係，美晴認為還挺有效的。

「你怎麼知道荻山理事長的理念？」

「因為我跟他針對國有地出售協議了一段時間。說了那麼多話，大概也知道他是怎麼樣的人。」

「大家對他的評價確實是只在乎學園收支的人，如果傳言屬實，他對寺井町那塊地應該也會表現出同樣的興趣才對。不是你誘導荻山理事長選擇向山的物件嗎？」

「我為什麼要這麼做。寺井町那塊地跟我又沒有什麼利害關係。」

「那附近以前是京阪大學的宿舍。」

「沒錯，叫『寺井寮』。我猜你已經調查過了，我也住過那個宿舍。難不成你認為我基於感傷的心情，不希望荻山學園蓋在自己度過青春時光的地方？」

「倒不是。你是不是感性的人我不清楚，但至少你不會因為那樣的動機就阻止建設學校，那對你沒有任何好處。你知道『寺井寮』現在變成什麼樣子了嗎？」

「不知道。」

安田打馬虎眼，表情明擺著他知道寺井寮的現狀。但不破並未追究這點。

「那你知道『寺井寮』附近的定食屋『一膳』嗎？」

「你說了一個好讓人懷念的名字。」

安田勾起嘴角，硬擠出來的笑容看起來很勉強。

「味道姑且不提，那家店很為窮學生的錢包著想。我也去過好幾次。那家店還在營業嗎？」

不破從桌上的資料夾裡抽出一張照片。從美晴站的位置可以看出那是貼在「一膳」牆上的拍立得照片影本。

看到自己與高峰勾肩搭背的照片，安田靜靜地倒抽了一口氣。

「你說你不認識高峰檢察官。還說你們雖然是同一所大學畢業，可是相差三年，而且那所學校的學生人數眾多，所以就算在校園裡擦身而過，也是對面不相識的過路人。但對於面不相識的人，會在常去的定食屋勾肩搭背嗎？」

沉默片刻後，安田終於擠出聲音回答。

「這張照片不是合成的吧？」

扭曲的嘴角十分刻意。

「大阪地檢已經很習慣竄改證據了。」

「要怎麼想是你的自由，但這句話不該對問你話的檢察官說。」

「不好意思……因為我是第一次看到這張照片，不由得心生懷疑。當時肯定是喝醉了。我的酒量不好，一杯啤酒下肚就分不清楚東南西北。」

「一杯啤酒就分不清楚東南西北的人會跟不過就是過路人程度的人共飲嗎？」

「學生發起酒瘋不都是這樣嗎。」

「這張照片跟其他拍立得一起貼在『一膳』牆上。如果你去過那家店好幾次，應該會看到吧。」

「都說了，我去的次數並不到常客的程度。」

「既然不是常去的店，一般不會跟只有幾面之緣的人喝酒。」

不破抓住不合理的地方窮追猛打。安田只能一味地防守，但是仍堅決不承認與高峰是知己的事實。

「針對國有地出售案進行偵訊的時候，你一個字也沒提過你與高峰檢察官是知己呢。」

「我絕對沒有作偽證。光看照片可能會覺得我們從以前就認識了，但我真的以為我們是第一次見面。所以並不是偽證，只是不小心記錯。」

或許已經意識到無法再假裝不知情了，安田這次改往記錯的方向為自己辯護。雖說是砌詞狡辯，但也不情不願地承認一部分的事實。雖然只有一小步，但還是前進了一點。

「我再問你一次。你從後補名單剔除寺井町物件的原因究竟是什麼？我想聽聽承辦過無數次國有地出售案的調整官真正的動機。」

不少檢察官會以極為高壓的態度面對嫌疑人。透過心理上的壓迫逼對方招供的手法不能說不對，但不破無論面對什麼樣的嫌疑人都不改其鄭重的語氣。然而面無表情加上不顯露感情的口吻，比高壓的態度更能將嫌疑人逼入絕境。

不破不會一再跳針，也不會催對方回答。只是直勾勾地盯著嫌疑人的雙眼，目光如炬地持續凝視著對方。

無言的對峙持續蔓延，看樣子安田決定沉默到底，再也不開口了。

「你又挖到意外的證物了。」

高峰用手指彈了彈拍立得相片說道。

對高峰展開第二次偵訊時，不破早早亮出了王牌。美晴心想大概是為了先下手為強，可沒想到高峰的表情平靜如常。

「二位第一次見面應該是在偵訊的時候。」

「對呀，我確實是這麼說的。但既然拿出這種證物，我也只能承認是我記錯了。」

聽到與安田如出一轍的抗辯時，美晴不禁懷疑他們是不是串供了。為了不讓他們有機會串供，所以接連對兩人進行偵訊。但是就算只有幾分鐘，也無法排除他們串供的可能性。

「話說回來，你是從哪裡找到這張照片的？就連本人都不記得有拍過這種東西了呢。」

「從二位的穿著來判斷，這應該是你們學生時代的照片吧。」

不破的切入點跟向安田問話的時候不太一樣，可以猜想大概是為了不讓對方有機會先發制人。他打算以靜制動，等高峰主動吐實。

「原來如此，因為我們是同一所大學出身的嘛。那麼多學生，偶爾一次跟不認識的學弟同桌喝酒也不足為奇吧。我說過我大學時代都在打橄欖球嗎？」

「供述內容裡面沒有，但資料上有。」

「不曉得現在是什麼情況，當時京阪大學的橄欖球隊漢子雲集。不，應該說如果不是條漢子的話，就無法留在社團裡。我還被吼過不會喝酒就不算男人、不是男人就別想站上球場。換成現在早就引起權力霸凌的問題了，但當時忍著宿醉，咬緊護齒牙套上場打球可以說是家常便飯。」

高峰的表情無意中散發著光彩。美晴無法判斷那是不是他故意裝出來的表情，那麼不破能夠判斷嗎？

「話雖如此，畢竟當時還是二十出頭的小鬼，有時候會跟其他成員拚酒拚到酩酊大醉。分不清旁邊坐的是同儕還是後輩、是認識的人還是陌生人，直接勾肩搭背、稱兄道弟的情況在所多有。站在檢察官的立場，我不敢要你別在意酒後失態，但是勾肩搭背還在容許範圍內吧。當時對方尚未成年，所以有未成年飲酒的問題，但就算有問題，也已經過了追訴期。」

「你還是主張你們不認識，相隔二十年再見也沒有印象嗎？」

「沒錯。這是學生人數眾多的大學常有的事。法界也有很多京阪大學的畢業生。搞不好從法官到檢察官再到辯護律師都是京阪大學的畢業生。有個玩笑話就是這麼說的呢。」

「你還記得這是在哪裡拍的照片嗎？」

「既然喝了酒，想必是居酒屋之類的吧。橄欖球隊常去的居酒屋就那幾家，再給我一點時間，或許我就能想起來了。」

高峰顯然還是在提高警覺，不願主動透露任何線索。打算以顧左右而言他的態度閃避。

「我不想浪費時間，所以直接告訴你好了。除了照片以外，也有人看到你和安田調整官經常一起出現。」

那個瞬間，高峰以打量的眼神窺探不破的雙眼。美晴在一旁看著也不自覺地苦笑。因為他試圖觀察不破表情的模樣與安田幾乎是一個模子印出來的。

「這是在套話，對吧。」

「就如同你所說的，除了法界以外，還有很多領域都有京阪大學的畢業生。有這麼多的母數可以蒐集證詞真是幫了大忙。」

「你蒐集到的證詞可信嗎?自從消息見報後，我和安田都變得小有名氣。畢業生中不乏無中生有、想藉機打落水狗的人吧。」

「但這張照片坐實了那番證詞。既然有證據足以證明證詞的可信度，我不得不認為你和安田調整官從學生時代就是知己。」

高峰一時語塞。

「退一百步說，假如我和安田真的是知己，我們為什麼要隱瞞這個事實呢？如果是血緣關係還另當別論，只是認識，還不足以讓我調離承辦檢察官的位置。」

「現在是我在問你。」

「再說了，不破檢察官有必要親自前往寺井町嗎？你的工作應該是調查抽換文件的事，而非國有地出售案。」

「我好像一次都沒有提到寺井町這個地名。」

高峰的鐵假面頓時碎了一地。

「既然你認為那個地方是寺井町，想必也已經猜到照片是在哪家店拍的吧。」

「這個嘛……」

「實不相瞞，我拜讀過幾份高峰檢察官以前製作的筆錄。」

因為不破突然轉移話題，高峰難掩困惑。

美晴也同樣一頭霧水。不破到底是什麼時候看了高峰寫的筆錄？自己明明與他同進同出，卻未能完全掌握不破的行動。

「只要看過你寫的筆錄，就能推測你讓嫌疑人招供的技巧。知道如何將對方逼入絕境的人，自然也知道該如何逃離絕境。你裝作不想讓人知道照片的拍攝場所，但那也只是假裝。你想隱瞞的另有其事。」

「你的看法太刁鑽了。」

「工作上的作風多半也會出現在平常的生活中，絕對不是刁鑽的看法。」

「我沒有隱瞞任何事。」

「得到那張拍立得照片只是偶然。我原本的目的是視察荻山學園建設預定地以外的物件。」

高峰再度噤口不言。看來他也不想提到寺井町那塊地。

「負責偵辦國有地出售案的高峰檢察官，想必知道寺井町那塊地是什麼的廢墟吧。」

「……我記得是廢棄的醫院。」

「醫院的名稱呢？」

「這我就不清楚了。」

聽在美晴耳中，這只是垂死掙扎的謊言。明明乖乖講出鏑木醫院的名字就好了，擠牙膏式的招供反而啟人疑竇。沒想到以偵訊為業的高峰居然會落入這樣的陷阱。

「不破檢察官。請容我再請教一次，你的任務應該是調查抽換文件的案子。但你卻去了沒被選為學園建設預定地的地方，你到底有什麼目的？」

「現在是我在問你。」

「我還沒被逮捕吧，連嫌犯都稱不上。既然如此，我應該也有權利問問題。」

高峰往前探出身子。那副樣子是想逼迫不破，但不破連眉毛也沒挑一下。

「只要能判斷不破檢察官的目的夠正當，我也會願意配合調查。」

美晴聽得目瞪口呆。儘管站在被調查的立場，高峰仍想利用這點來籠絡不破。同為大阪地檢的同事，想必他也不認為不破會輕易答應他的要求。但高峰還是拋出橄欖枝，試探不破的反應，企圖讓偵訊往對自己有利的方向發展。

「調查小組的目的是判斷到底有沒有發生過抽換文件一事，對我的訴追應該還是其次。」

「是這樣沒錯。」

「當然，我也知道派遣調查小組前來的最高檢在打什麼如意算盤。跟過去的竄改證物案一樣，是為了掃蕩大阪地檢特搜部，好為東京那群人空出位置來。再這樣下去會讓對方稱心如意的，同樣身為大阪地檢的檢察官，你不覺得非常不甘心嗎？」

高峰對不破投以徵求同意的視線，但不破還是老樣子，毫無反應。

「……能面這個稱號果然名不虛傳。我的挑釁就像打在棉花上。」

「挑釁我對高峰檢察官有什麼好處呢？我實在想不出來。」

「這點在了解偵訊對手的性格和習慣的時候至關重要吧。」

「我承認這很重要，但不是最重要的。」

「那什麼才是最重要的？」

「看穿嫌疑人說的是不是事實、與送檢內容有沒有出入。我認為檢察官需要的資質說到底就只有這一點。」

「我說的都是事實。」

「這點是由我來判斷的。再說，也不是沒有虛假就行了。要不要起訴嫌疑人是司法機關決定的事。不管是為了自己，還是為了別人，凡是為了特定利益，企圖隱瞞事實，就是不折不扣的背信行為。」

「即使是為了別人嗎？」

「沒有例外。」

這次換高峰目瞪口呆地縮回身體。

「你真是超乎想像的死腦筋啊。該不會連司法交易也打算拒絕吧。」

「高峰檢察官打算在這個案子提出司法交易嗎？」

「如果我這麼說呢？」

聽到司法交易這個字眼，美晴立刻豎起耳朵。難不成他想當場提出司法交易嗎？

司法交易是嫌疑人以協助檢方調查為條件，換取從輕量刑或撤銷某些罪狀、甚至不起訴的制度。如果是牽涉到反社會勢力或企業型犯罪，很難期待他們願意不計報酬地協助調查。就算能得到協助，嫌疑人為了從輕量刑，可能也不是基於自由意志的告白，缺乏證據能力。

因此國家修改了部分刑事訴訟法，導入司法交易的制度。既然導入制度，表示任意性及證據能力都受到擔保。想當然耳，這並非適用於所有犯罪，必須符合以下條件方得行使司法交易。

1 即使對協助調查者有利，也必須給予適當的處罰。
2 適用司法交易制度。
3 僅限較容易取得嫌疑人及國民理解的犯罪。

這次主要的案件是與出售國有地有關的行賄案，因此符合上述的條件。倘若高峰能提出兵馬議員與荻山理事長、安田調整官之間利益輸送的證據，即使抽換文件一事無法立案，還是利大於弊。更何況這本來就是特搜部的弊案，若能大事化小、小事化無，就算免不了受到輿論的抨擊，對大阪地檢來說依然是再好不過的結局。

美晴緊張地等著不破回答。因為她認為縱然是信奉原理原則的不破，為了檢舉更大的犯罪，或許也會利用制度。

然而，不破走到哪裡都是不破。

「很遺憾，就算是高峰檢察官主動開口，我也不會接受。犯罪者就應該受到應得的懲罰。」

「哼。」

被如此斬釘截鐵地拒絕，饒是高峰也只能閉上嘴巴。

高峰離開辦公室後，不破嘴裡喃喃自語。

「我大意了。」

「欸，您說什麼？」

「大老遠跑去現場，卻沒有找到最該找的東西。」

2

時間來到隔天，不破在美晴的陪同下又去了岸和田市寺井町一趟。與往常無異，不破並未告訴她自己難得在什麼地方大意了，美晴只能一頭霧水地同行。

車子行至鏑木醫院的廢墟前，美晴總算明白了不破的用意。

「上次沒有徹底調查的，就是這塊土地吧。」

「妳沒看到安田調整官與高峰檢察官的反應嗎。」

這不是單純的問題，美晴知道不破是在測試她的觀察力。於是盡可能回想兩人的證詞，整理成概要。

「安田調整官與高峰檢察官聽到寺井町這個地名時，臉色都變了。安田調整官是與荻山理事長的交涉過程、高峰檢察官則是抽換文件的問題，對他們而言這才是最重要的。但是他們的態度很明顯都不想與寺井町扯上關係。尤其是高峰檢察官，甚至還提出了司法交易，那肯定不是他的初衷。而是為了讓我的注意力從寺井町移開才臨時想到的下下策。」
「您說得很篤定呢。」
「妳記得他們的證詞，卻沒看到他們的動作嗎。提出司法交易時，高峰檢察官握緊原本張開的雙手。他雖然努力強裝平靜，但當時的狀態實在稱不上放鬆。」
自己光是聽他們說話就一個頭兩個大了，不破竟然還能觀察到對方的手──儘管不意外，但彼此之間的差距還是讓美晴有些沮喪。明明在同一時間聽同一個人說話，到底為什麼會產生這樣的差異呢。
鏑木醫院的廢墟與上次來訪時一模一樣。茂密的雜草仍舊拒絕人為的介入，黑暗充斥了建築物的內部。
一想到又要穿過那片雜草，美晴便不由得感到膽戰心驚，而不破則是繞到車子後面，打開了後車廂。
這個男人不可能沒記取教訓。只見不破從後車廂裡取出園藝手套和充電式的除草機。
「您什麼時候準備了這些東西？」
「至少是在妳坐上副駕駛座之前。」
「這裡可是國有地喔。」
「安田調整官說這裡沒有人管理。所以也沒有人會抱怨。」

打開電源的瞬間，除草機發出震天價響的金屬聲，開始運作。就算拒絕人為的介入也無法抵擋文明的利器，除草機為不破開出了一條路。轉眼間就來到了建築物的前面。

玄關是玻璃門。開業當時看起來或許很新潮的門，如今變得霧濛濛的，無法得知裡頭的樣子。

「不破檢察官，您沒有鑰匙吧。」

不破沒回答，胸有成竹地推門。

只見門「嘎啦」一聲就往內側打開，美晴大吃一驚。

「沒鎖嗎？可是，您怎麼知道？」

「上次來的時候看到建築物裡面有啤酒空罐。醫院不應該出現這種東西，所以大概是廢棄後有人帶進去的。換句話說，有人在廢墟裡飲酒作樂。那種人不可能透過正式的手續借到鑰匙。」

定睛一看，門鎖的部分是被蠻力撬開的。原來如此，確實是沒有經過正式手續的開鎖方式。

跟著不破踏進廢墟的瞬間，異樣的光景映入眼簾。

簡直跟叢林沒兩樣。

滿地都是從空隙入侵的雜草，根本看不到地板。爬牆虎肆無忌憚地爬滿牆壁與窗戶，主張這是個與世隔絕的世界。掛號櫃台到候診室的長椅幾乎全部傾倒，無一例外。裸露的彈簧與爬牆虎糾纏得難解難分，讓人充分認識到什麼是無機物與有機物的結合。

落後視覺幾步，嗅覺也捕捉到惡臭。或許是部分雜草腐爛了，類似腐葉土的臭味撲鼻而來。草香與腐臭融為一體，令美晴忍不住作嘔。

外面的空氣明明很乾燥，廢墟裡卻帶著微微的濕氣。想必是雜草散發出來的濕氣，感覺愈來愈像叢林了。

走進來才發現根本沒地方落腳。美晴非常後悔自己為什麼要穿高跟鞋。比起高跟鞋，這裡更需要長靴。

所有的窗戶都爬滿爬牆虎，即使是大白天，廢墟中也很陰暗。在這種幾乎伸手不見五指的情況下到底能做什麼，美晴對此感到不安。但準備齊全的不破當然也沒忘記要帶手電筒。

「您帶了手電筒來，想必早就知道要找什麼吧。」

不破沒回答，自顧自地走向廢墟深處。

看樣子，就連廢棄後也有絡繹不絕的訪客前來造訪這處廢墟，雜草裡散落著啤酒空罐和零食的包裝袋、塑膠容器等。其中甚至還有生火的痕跡，幸好沒發生火災。已經徹底褪色的毯子則是訪客在此過夜的殘骸。

不破一一拿起那些殘骸，檢查候診室。從他的舉動無法判斷是否有什麼明確的目的。依照不破的個性，除非找到他要的東西，否則是絕對不會告訴美晴的。

不破用園藝手套拎起雜草，讓地板露出來。雖說什麼也不知道，但是只能待在一旁看著還是令美晴坐立難安。

「我也來幫忙。」

「拿去。」

美晴正要徒手抓住雜草的瞬間，不破遞給她另一雙手套。

「既然您已經準備了，為什麼不早一點拿出來。」

「因為妳可能也自己準備了。」

「我沒有聽說要來探索建築物。」

「既然要進入長滿雜草，連走路都有困難的廢墟，當然要有這點準備吧。」

美晴自暴自棄地想，繼續待在這麼不親切、惜字如金的上司手下工作，能力必定會更加提升吧。套一句仁科說過的話，最差勁的上司不是會用權力騷擾屬下或無能的類型，而是推諉卸責的管理職。那麼順著她的理論說下來，只給出少到不行的指示，之後全部丟給美晴拿主意的不破無疑是最完美的上司。

「您到底在找什麼？至少告訴我這件事，這樣我才能幫上忙。」

「我在找不自然的東西。」

「什麼？」

「關閉至今已經過了二十年，多次遭外人闖入的廢墟。安田調整官與高峰檢察官想隱瞞的一定是不適合出現在這裡的東西。」

不破的說明太過抽象，美晴有聽沒有懂。簡直就像是命令她找出沒有形體也沒有影子的東西。

「沒必要想得那麼複雜。」

不破頭也不回地將指示丟過來。

「只要觀察力夠敏銳，就能看見不自然的東西浮現出來。在那之後再接著思考為什麼會顯得不自然，原因就會隨之明朗化了。」

道理是可以理解，但還是掌握不到感覺。這種時候總是會深切地感受到自身能力的不足。不破好像認為自己的說明已經足以讓美晴理解了，所以若是再繼續追問下去，只會凸顯出自己的一無是處。不破或許很完美，但應該也很難找到這麼壞心眼的上司吧。

不破默默地繼續搜索。地板找過一遍後，又開始觀察牆壁。他扯下牆上的爬牆虎，仔細地用視線掃過，看似沒有異狀後，又扯下另一面牆壁的爬牆虎。

「下一個。」

檢察完候診室，不破經過櫃台，移動到貌似診療室的房間。之所以用「貌似」形容，是因為從地板蔓延到天花板的爬牆虎讓他們無法看清楚房間內部的模樣及標示。

愈往前走，窗戶就愈少，所以周圍也變得更加昏暗。光靠不破帶的手電筒，走在後面的美晴幾乎看不見腳下的情況。

不破一路都沒有忘記檢查。不厭其煩地拔掉雜草，露出鋪了油氈地板的走廊，滴水不漏地觀察。

不自然的東西——美晴是能理解不破的言下之意，問題是廢墟裡能有什麼東西算是自然的？這點對不破來說或許屬於常識內的範疇，可惜美晴的常識應該還不到他的一半。完全不曉得不破要看到什麼才會接受。

沒多久，不破走進一個房間。正中間擺了一張診療台，可以確定是診間無誤。但所有的醫療器材好像都已經被搬走了，僅剩的家當大概只有已經毀損、看不出原本外觀的收納櫃。

因為實在寸步難行，美晴逐漸與不破拉開距離。

「請等我一下。」

美晴比誰都清楚，不破才不是那種叫他等一下就會乖乖停下腳步的男人。就在她連忙加快速度前進時，鞋尖勾到某種東西，讓她的身體失去平衡。

美晴驚呼一聲，整個人往前撲倒。幸好雜草起了靠墊般的緩衝作用，才減輕了衝擊。

「怎麼了，大呼小叫的。」

「對不起，我好像被什麼東西絆倒了。」

這時不破終於轉過身來，回到美晴的身邊。才剛意外地心想他竟然這麼體貼，但不破關心的顯然不是美晴，而是美晴腳邊的東西。

「讓開一下。」

用連分毫的體貼都沾不上邊的命令讓美晴退到一邊後，不破就扯開地上的雜草。這個人真是冷血無情，但是期待不破能體貼部下才真的是腦筋不清楚。而且正如他所說，自己穿著高跟鞋闖進這個與叢林無異的地方才真的是思慮不周。

兩人繼續作業了一段時間，地面終於冒了出來。地板是由長方形的板材拼成，唯有中央向上隆起，邊緣也翹起來了。難怪腳會被絆到。

不破的手連一刻都沒有停下來，他抓住木板邊緣，用力搬開。或許是因為已經徹底腐朽了，地板發出嘰嘎嘰嘎的沉悶聲響，一下子就移位了。

不一會兒便露出地板下的根太和大引[10]。奇妙的是中央的根太和大引被移開了，那裡有一處隆起的土堆。就連美晴也看得出來那是把什麼東西埋在地板下面的空間，往上是根太和大引，然後才是地板。

終於找到了。

這就是不破在找的不自然的東西。

「挖出來吧。」

就在美晴戴著園藝手套的手要摸到土堆的瞬間，就被不破制止了。

「慢著。」

「這就是不破檢察官要找的東西吧。」

「所以才不能隨便亂動。」

待美晴收回手，不破拿出手機打了通電話。

「我是大阪地檢的不破，請幫我接署長。」

不一會兒，對方接起電話，不破向他報告在鏑木醫院廢墟發現的異狀。

「因為是國有地，希望您能派人來處理……好的。那我們就在這邊等。」

見不破掛斷電話，美晴立刻發問。

「您打電話給誰？」

「岸和田署。要請員警來幫忙挖掘。」

「為什麼要這麼麻煩呢？我們兩個人挖不就好了。」

「必須要有第三者在場。妳打算自己破壞證據的效力嗎？」

又還不知道地板底下埋了什麼。她能理解不破需要第三者在場的用意，但是什麼也沒交代

❿地基結構中，大引是橫放在直立的束木基礎上方的地板梁，而較細的根太同樣是橫向擺放在大引上方，與其形成格柵式的結構。

就要出動轄區員警，真不愧是一級檢察官的威信。

幾分鐘後，兩位警官火速趕來。命令顯然如實傳達下去了，兩人都帶著鏟子。

「上頭要我們多帶一把預備用的鏟子。」

「那把是我要用的。」

不破一臉理所當然地接過警官手中的鏟子。

「那個，不破檢察官，我要做什麼呢？」

「用手機就行了，拍下我們作業的過程。」

不破似乎無論如何都需要第三者的視角。既然如此，美晴也只能遵循指示了。

三人開始挖掘。因為不曉得埋了什麼，握著鏟子的手十分慎重。而且兩位警官也是在不知緣由的情況下幫忙，所以更是小心翼翼地作業。

他們緩慢但確實地移開覆蓋在上面的土。時間大約過了十分鐘。

「好像有東西。」

其中一位警官察覺鏟子前端碰到了異物。

「為了避免傷害到證物，接下來請用手挖。」

作業在不破的指示下變得更加慎重。

不一會兒就知道異物的真面目是什麼了。

是人骨。

兩位警官頓時繃緊神經。

「請派鑑識人員過來。」

岸和田署立刻派來幾輛廂型車。就跟平常案件發生的時候一樣，眾人迅速在廢墟的入口搭起藍色塑膠棚，鋪上供人行走的臨時鋪墊。前來支援的警官繼續往下挖，鑑識人員則開始在周圍進行地毯式的搜索，找尋殘留物。只差沒有驗屍官在場。

徹底白骨化的遺體出現在眾人面前。只有遺體，沒有衣服，也沒有隨身物品。

「從骨盆的大小來看，應該是女性。」

上了年紀的員警喃喃自語。當然，能靠肉眼辨識的頂多只有性別，無法判斷年齡及樣貌。

「已經徹底化為白骨了。表面也沒有外傷，很難釐清死因吧。」

帶著放棄意味的低喃。現在大概只能送去科搜研⓫，耐心地等待結果。

這時，不破要求第三者在場的用意奏效了。要是只有不破和美晴發現遺體，肯定會有人懷疑證據的效力。所以一開始就讓警方介入，即可杜絕不必要的懷疑。

「話說回來，您怎麼知道這裡有遺體？」

⓫科學搜查研究所。隸屬於警視廳與道都府縣警察本部刑事部的單位，從科學與技術的層面支援案件偵查。其成員屬於研究員，不具備警察身分與搜查的權限。

與鑑識課一同前來的刑警一臉狐疑地詢問不破。

「我不知道底下埋了什麼，只知道應該藏著不想被人找到的東西。」

「喔，是嗎。」

刑警半信半疑地點頭，然而就在下一瞬間……

「打擾一下，這裡好像也埋了什麼東西。」

從另一個診間傳來警察的聲音。他們正在剷除廢墟內所有的雜草。

不會吧……恐怕所有人都浮現出不祥的預感。眾人立刻重新展開挖掘作業，幾分鐘後又挖出了一具白骨遺體。

「這究竟是怎麼回事。與其說是醫院，這裡根本是墳場吧。」

年長刑警脫口而出的感想無疑也是在場所有人的想法。

第二具應該是成年男性。跟先前發現的那具遺體一樣，也遍尋不到他的衣物及隨身物品。

現場頓時一陣騷動。話說有二就有三，廢墟的地板下可能還埋著其他的遺體。於是緊急出動大型機具，同時在廢墟展開搜索。

拆掉牆壁後，陽光照進了廢墟。眾人盡數拔除爬滿地板及牆壁的各種植物與雜草，並且掀開所有地板。

廢墟就這麼徹底解體，沒留下一點原本的外貌，房間的地板全都被挖開了。

結果只發現了兩具遺體。

3

『目前接獲一條最新消息。須磨警察署剛剛逮捕了神戶小學生命案的嫌犯，嫌犯是十四歲的少年。重複一遍。須磨警察署剛剛逮捕了神戶小學生命案的嫌犯，嫌犯是十四歲的少年。』

「呿！」

「才中學三年級啊。」

其他同樣在看新聞的客人對於這個僅十四歲的嫌犯發出震驚與責難之聲。原本正在享用燉煮鯖魚定食的安田，此時也停下筷子，盯著電視看得入神。

「不止砍掉孩子的頭，還切下耳朵，這是人幹的事嗎！」

「真想看看他的父母長什麼德性。」

對著電視咒罵的多半是京阪大學的學生。這家「一膳」離學生宿舍很近，每道菜都分量十足，而且價格實惠，儼然成了京阪大學學生都會來光顧的餐廳。

可以理解他們為何如此憤怒。就連不問世事的安田也知道這個案子是近年來極為罕見的獵奇命案。犯人才十四歲的話，父母大概也有問題。

不料這時有人對客人潑了冷水。

「關父母什麼事，彼此都是獨立的個體。」

眾人愣了一下，回頭一看，出聲喝斥的是這家店的店花——金森小春。

「接下來肯定會有一群好事者湧向這個中學生的父母。真可憐。至少你們別變成那種好事者喔。」

遭到跟自己同世代的小姑娘斥責，客人們也只能尷尬地搔搔頭，沒有要反駁的意思。即使面對客人也敢說敢言，完全不怕得罪人。小春就是這樣的女孩。安田輕撫胸脯，慶幸自己沒有隨波逐流，說出輕率的話。

一九九七年，安田啓輔還是京阪大學一年級的學生，住在「寺井寮」。明明是必須縮衣節食的窮學生，卻還三天兩頭去「一膳」吃飯，就是為了小春。

只不過，他和小春還只是常客與店員的關係。內向的安田成為這家店的常客已經兩個月了，但是與小春說過的話頂多只有「老樣子」和「多謝款待」這兩句。

雖然不到害怕女性的地步，但面對異性總是令他緊張得說不出話來。而小春即使面對態度強硬的大四生，也是想說什麼就說什麼。這點讓安田再次確定，自己之所以受到小春吸引，正是因為小春擁有自己沒有的特質。

「別擔心，小春。」

店內深處的桌子傳來了粗魯的聲音。

「那群好事者就由我來讓他們痛改前非。」

那聲音不只粗魯，還帶著醉意。

「高峰先生讓人痛改前非的方法無非是用武力讓對方屈服吧。這我也不喜歡喔。」

「但是對付好事的傢伙最有效了。」

高峰仁誠，法律系四年級。在橄欖球隊擔任接鋒，長得虎背熊腰，與安田只差三歲，但是兩個人站在一起就像是大人和小孩。那張桌子只有他一個人，因為塊頭太大了，根本沒有其他人能坐的空間。

「就算以武力逼迫對方屈服，也無法讓他們打從心底痛改前非。所以才說是好事者。」

方才說到小春對上態度強硬的大四生，那個人就是高峰。就連平常旁若無人、動手比動嘴還快的高峰，在小春面前也乖得跟什麼似的。

聽起來可能是英勇事蹟之類的傳聞，但高峰的英勇事蹟絕對是超乎一般人所能想像的。聽說他曾經與業餘拳擊手單挑還贏了、或是在大阪南區⓬與五個流氓上演全武行，就算謠言只能聽一半，但也足夠驚人了。明眼人都看得出來，高峰對小春有意思。

⓬雖然被稱為「南」或「南區」，但並非實際的行政區域，而是廣域區域名稱。以大阪市中央區的難波、心齋橋、道頓堀、千日前等地為中心、並涵蓋浪速區一部分的商業鬧區。雖然是大阪和日本代表性的繁華街區與觀光要地，但過去因為有較多的風俗業聚集、出入分子也相對複雜，因而影響了本區的形象。政府也因此對本區域進行整頓，為街區重塑出新的風貌。

安田之所以不敢跟小春多說兩句，也是礙於高峰的存在。在高峰面前對小春表現出親暱的態度無異於自殺行為。

「這位小哥——」

正當安田自怨自艾時，頭上傳來小春的聲音。

「你細細品嚐燉煮鯖魚我是很高興啦。可是你不快點吃的話，飯菜都要涼了。」

小春突然跟他說話，害他嚇了一大跳。

「抱、抱歉。」

「啊……我才抱歉。因為你吃得太慢了，我有點擔心是不是不好吃。」

「才沒這回事。」

安田不想被討厭，拚命解釋。

「『一膳』的菜單就算只是湯泡飯也是人間美味。」

「……我說你呀，這句話一點也聽不出讚美的意思好嗎。」

小春笑得花枝亂顫，走進廚房。善於安撫客人也是她之所以能成為店花的原因之一。

安田趕緊吃完剩下的鯖魚，這時就感覺背後傳來銳利的視線。

回頭一看，只見高峰正以猙獰的表情瞪著自己。

安田報考京阪大學經濟系的原因無他，主要是京阪大學的畢業生在近畿財務局很吃得開。第一志願的國公立大學全都沒考上，為了不增加父母的負擔，他決定進入原本只是備選的京阪大學。人生藍圖雖然出了點狀況，但未來只要通過公務員考試，成為公務員就行了。在這個不景氣的時代，學生追求穩定的職業是理所當然的選擇。

然而終究只是備選的選項，安田讀書讀得很不起勁，每天都深陷在後悔與自我否定的漩渦裡。無論是走在校園中，還是坐在教室裡上課，沒有一件事能讓他感到快樂。開學還不到三個月，內心已然荒蕪，變得槁木死灰。

更令安田憂鬱的是父母的態度。起初還以為兒子一定能考上國公立大學，放榜後才發現只考上備選的大學，父母都大失所望。既沒要他好好享受四年的大學時光、也沒要他做好將來的規畫，只是成天抱怨國公立大學與京阪大學的學費差了多少。

「家裡沒錢給你付學費了。」

「老師都說你一定能考上國公立大學，害我們也跟著放心。」

安田不得不申請獎學金。獎學金這三個字說起來好聽，其實只是專門提供給學生的貸款。以安田為例，畢業後必須償還四年的學費共三百五十萬圓再加上利息。還沒踏進社會就已經背上巨額的債務，心情會好才奇怪。

在這樣的生活中，唯一的滋潤就是去「一膳」吃飯，以目光追隨小春的身影。要是讓對方知道的話大概會覺得很噁心吧，但光是看著她就能忘卻憂愁倒也是事實。

今天不只看到她，還幸運地跟她說上話。光是這樣，今天就可謂收獲滿滿了。

「喂。」

突然被人叫住，回頭一看，高峰就站在身後。

「你不是法律系的學生吧。」

「我是經濟系的。請問有什麼事？」

「你和小春好像很談得來的樣子嘛。你什麼來頭？」

剛才的三言兩語能算是談得來嗎？

「我們沒有談得來喔。就只是閒聊而已。再說了，這還是我們第一次說上話。」

高峰繞到安田跟前。兩人當面對峙，安田不得不仰望對方。

「這樣啊。既然如此，你以後也別隨便找她說話。」

聽到這裡，饒是安田也不禁動氣。

「小春是學長的女朋友嗎？」

「……我是有這個打算。」

安田覺得這傢伙蠢斃了。換作平常的自己，大概會聽聽就算了，告訴自己沒必要跟連腦漿都是由肌肉構成的傢伙唱反調，但今天偏偏踩到他的地雷。

「那她現在就不是學長的所有物或是什麼人吧。」

「你說什麼。」

語聲未落，高峰已經抓住安田的衣領，就這樣單手把他拎起來。從體格就能猜到高峰很有力氣，但安田還是大吃一驚。

同樣都是人類，到底要吃什麼、做什麼運動，才能長成這種有如巨人歌利亞的體型啊。安田的雙腳在空中亂踢亂踹，心裡也覺得很不可思議。

「你知道我是誰嗎？」

「你是橄欖球隊的高峰仁誠。」

「既然知道，還敢用這種口氣跟我說話啊。」

高峰的態度愈是高高在上，安田就愈想反抗。反抗體格差這麼多的人無疑是自尋死路，但安田的自制力與恐懼感皆已消失得無影無蹤。

「想揍就揍吧。」

難以想像這是自己的聲音。

「這麼一來我就有理由翹課了。」

高峰目不轉睛地看著他。

「你叫什麼名字？」

「有必要告訴你嗎。」

「你知道我的名字吧。」

「安田啓輔。」

報上姓名後，拎著他的手粗魯地鬆開。安田來不及反應，重重地摔在地上。

「揍你對我又沒有好處。」

看樣子他的腦漿似乎不全是由肌肉構成。這時安田才後知後覺地想起來，這傢伙看起來雖然很凶狠，但畢竟也是法律系的學生。

「饒你一命，但條件是別再接近小春。」

「憑什麼，這種小學生式的威脅是怎樣。」

另一個自己在大腦的一隅警告他別再挑釁對方，但安田今天偏偏控制不了自己。

「看是要偷襲還是怎樣，快點讓她變成你的女朋友不就好了嗎。」

「誰會做那種事啊。」

高峰露出了意外的表情。

「我又不是流氓，別瞧不起我。」

沒想到他還挺有原則的，安田有點佩服。

「總之我已經警告過你了。別忘啦。」

這句威脅也很幼稚，但一一糾正又很麻煩。

說完想說的話，高峰就沿著原路離開了。

漸行漸遠的背影也與巨人歌利亞無異。面對這個巨漢的威脅，自己竟然分毫不退讓，這個事實感覺就像騙人的一樣。

安田的自尊心不容許自己因為受到威脅就不再靠近那家店，更不願意因為這樣就無法再見到小春。

第二天傍晚，當他走進「一膳」時，高峰果然就坐在最裡面的那張桌子。真不知道該說是巧還是不巧。

「歡迎光臨。」

小春過來點單。

「老樣子。」

「好的。燉煮鯖魚定食是嗎。」

「真開心啊，妳記得我點了什麼。」

「因為你每天都來，我當然記得啊。」

雖說這只是小春很會做生意，但安田還是很開心。

「你叫什麼名字？」

小春猛然想起似地回頭問道。

「既然是常客，也得記住名字才行。」

「安田。我叫安田啓輔。」

「收到。」小春回答，接著消失在廚房裡。此時安田感受到刺人的視線，肯定是高峰正從裡面的那張桌子瞪他。

即便如此，安田還是很高興小春對自己感興趣。雖然還未成年，不過他又加點了一小瓶啤酒，打算為自己慶祝一下。當然，小春無從得知他的心情。

吃完飯，走出店外才過了幾分鐘……

「喂。」

安田因為這個聽過的聲音而轉頭。果不其然，高峰正雙手扠腰站在那裡。

「看來你的記性不太好啊。」

口氣很平靜，但表情卻很凶惡。

「我跟你都進了同一所大學，記憶力應該跟你差不多。」

對峙過一次後，安田就沒有那麼畏懼他了，真是不可思議。再加上喝了酒，感覺就算要跟歌利亞對打，受點傷也無所謂。

「還真是伶牙俐齒的傢伙。」

高峰不可置信地往這邊走過來。感覺可以聽見蹦蹦作響的腳步聲。

「最近的大一生都像你這麼囂張嗎？」

「最近的四年級生都像你這麼不可一世嗎？」

簡直就像是在打招呼那樣，這次領子又被揪住了。被揪住的安田也習慣了，所以不怎麼害怕。

「你今天還連名字都報上了啊。」

「是對方主動問我的。」

「你把我的警告當馬耳東風嗎。」

「不好意思啊，搶了法律系的鋒頭。」

「混帳。」高峰咒罵一聲，將安田甩了出去。安田這次勉強穩住身體。

高峰似乎想到了什麼，在安田的正面半蹲下來。

「只喝一小瓶啤酒就醉了嗎？酒量有夠差啊。」

「不用你多管閒事。」

「定食再怎麼吃也吃不了太多，如果想待得久一點，只能點酒來喝。」

「我還是未成年，沒辦法這麼喝。」

「看來你也很努力呢。」

高峰的語氣既非同情，也不是嘲笑。為了去「一膳」吃飯，就經濟層面來說確實很拮据，但也沒必要讓他知道自己阮囊羞澀的事實。

「不怕告訴你，我的經濟狀況還不錯，酒量也很好，可以一直待到『一膳』打烊。」

「那你就待到打烊啊。」

「我是想這麼做，但還得監視你這種不肖之徒。」

「只要把我們打到站不起來不就行了。」

京阪大學的橄欖球隊在全國大學橄欖球大賽一向名列前茅。能在戰績如此傲人的橄欖球隊擔綱接鋒，肯定深受校方的器重。再加上對方是四年級，與自己在校內的地位肯定天差地別。想到彼此之間的差異，安田索性破罐子破摔。

「如果是學長，應該一拳就能搞定。」

「你這傢伙還真是個怪胎。過去的確有很多人求我手下留情，不過要我揍人的就只有你一個而已。」

「你不是曾經和業餘拳擊手單挑、還在南區跟五個流氓大打出手嗎？」

「你居然相信那些胡說八道。」

高峰擺擺手，像是想趕走眼前的小蟲。

「和業餘拳擊手是在電玩中心認識的，而且只是比腕力而已，至於南區的流氓那件事更是無中生有。」

「怎麼可能。以你的體格和體力，就算把一兩個流氓打到送醫院也不奇怪。」

「瞧你把毫無根據的事說得繪聲繪影。我說你啊，是不知道我是法律系的學生嗎？」

「知道啊，你很有名。」

「我將來可沒打算成為橄欖球選手。我的目標是檢察官。」

安田不由得凝視著高峰。

確實，既然是法律系的學生，目標是進軍法界一點也不奇怪。只是從高峰的體格一時半刻還聯想不到檢察官這個職業。

「喂，你現在是用認為我在吹牛的眼神看我吧。」

「不，沒這回事。」

「無論別人怎麼想，我是認真的。將來想當檢察官的人怎麼能隨便動手傷人。不管是警察還是檢察官，接受面試時都要確認有沒有前科。未來的檢察官才不會幹這麼愚蠢的事。」

安田目不轉睛地端詳高峰，這個人看起來不像是在開玩笑。

「你又用奇怪的眼神看我了。」

「抱歉，真不好意思。」

雖然不欣賞這個男人，但也認為應該要為自己的偏見道歉。

「你的體格讓我有先入為主的看法了。」

「知道就好。」

「可是，你明明威脅過我。」

「我只有抓住你的領子吧。你又沒受傷。」

看樣子，他似乎認為只要沒讓對方受傷，就不算恐嚇或脅迫。可以讓這種人參加司法考試嗎?安田自己也不太確定。

「所以你只是用言語威脅試圖靠近小春的人嗎?」

「注意你的用詞。不是威脅，只是警告。」

「如果你不喜歡強硬的手段，就快點向她表白嘛。只要讓她變成你的女朋友，不就可以高枕無憂了。」

只見高峰難為情地撇開視線。

「少囉嗦。要你多管閒事，蠢貨。」

「你該不會還沒跟小春示愛吧。」

「都叫你少管閒事了。」

高峰咬牙切齒地說完便順勢站起來，就這麼轉身離去。

被留下來的安田，過了好一會兒才發現自己和高峰簡直太可笑了。

剛才的對話是在演哪一齣啊。

簡直跟中學生沒兩樣嘛。

安田拍拍褲子的灰塵，嘴裡發著牢騷。萬萬沒想到進了大學以後，竟然會捲入三角關係。不，這才不是三角關係那麼浪漫的東西。離三角關係還遠得很，根本還沒脫離群體互動的範圍。

不過也不是毫無成果，至少多少了解一些高峰的性格了。面目嚇人，但內心其實比玻璃還要易碎，是很適合觀察的對象。

因為掌握到與高峰的距離感，安田還是持續不斷地每天到「一膳」報到。雖然與小春依舊是店員和客人的關係，但安田已經很滿足了。

另一方面，除了高峰以外，他又發現了另一個令他在意的人物。跟安田他們一樣，那個人也是「一膳」的常客，只是之前的注意力都擺在高峰身上，沒注意到那個人的存在。除此之外還有一個原因，就是那個人很少出聲，也沒表現出引人注目的舉動過。

應該也是京阪大學的學生吧，但繡著老虎的白色運動衫實在難以想像是同世代的人。這一帶會打扮成這樣的人通常都是流氓，不過這個人僅僅是穿著很張揚，但從沒找過任何人麻煩、也沒大聲說過話，所以更難揣測他是何方神聖。

但是他看小春的眼神明顯不太對勁。很冷酷，宛如不知道在想什麼的爬蟲類。他總是以這樣的眼神盯著在店裡忙進忙出的小春。

就連安田這個旁觀者都發現了，小春本人不可能沒注意到。那個男人離開後，安田鼓起勇氣問小春。

「那個，我發現店裡有個人一直盯著妳看。」

「哦，我知道啊。那個人穿著白色運動衫，眼神不太正派對吧。」

小春試圖用一如往常的笑臉帶過，但安田並沒有忽略她微微繃緊了眼角。

「那個人是應援團的田久保。跟安田先生一樣都是常客，大家要好好相處喔。」

「妳知道他的名字啊。」

「因為他跟我自我介紹過。」

光是聽到那個人是應援團的人，安田腦海中就浮現出不好的印象。

雖然不想說同一所大學的人壞話，但京阪大學應援團的風評很差。除了在學校附近惹事生非，和其他學校也經常發生糾紛，聽說畢業後的出路就是成為當地的黑道。事實上，據說某個廣域指定暴力團的關西分部裡頭幾乎都是京阪大學的畢業生。換言之，京阪大應援團的成員基本上都是黑道的預備軍。

「這不是很危險嗎？那個姓田久保的傢伙。」

「還好吧，都是客人。」

安田也差不多摸清楚小春的性格了。當她不想說的時候，就會開始顧左右而言他。

一抹不安湧上心頭，但是對方跟安田一樣都是客人，在店裡也一直都是安分地用餐。他覺得只要那個人沒去糾纏小春，就輪不到自己為小春出頭。

結果，卻是大錯特錯了。

星期五傍晚，安田吃完燉煮鯖魚定食，正準備結帳。

「安田先生，你知道什麼好吃的餐廳嗎？」

小春壓低聲線問他。

「這家店就很好吃啊。」

「不是啦。不是像『一膳』這種定食屋，而是更時髦……我一個人去也不會格格不入的餐廳。」

在雙手緊緊握拳的小春面前，安田不由自主地扮演起情報通的角色。

「給我一點時間的話，我應該能找到。」

「真的嗎？那我把星期日空下來。」

小春離開的瞬間，安田的心跳加快了。

她說她會把星期日空下來。

這是要邀我約會的意思嗎？

安田不管三七二十一，在宿舍裡見人就問岸和田附近有沒有什麼「很時髦，女孩子一個人也可以進去的餐廳」。然而住宿舍的窮學生哪會知道小春可能會喜歡的店啊，安田用盡自己貧弱的人際網，最後只找到兩家店。

「安田在找時髦的餐廳？這麼快就要哈米吉多頓⓭了嗎。」

「太不適合你啦。」

就連舍友的冷嘲熱諷在他聽來都很美妙，自己顯然有點飄飄欲仙的感覺。

星期日的正午時分，安田穿上自己唯一的好衣服，帶著小春來到剛在西之內町開幕的咖啡廳。推開落地玻璃門，就看到蛋糕櫃裡陳列著色彩繽紛的甜點，氣氛沉穩的間接照明以及沒有過多裝潢的牆壁看起來十分賞心悅目。原來如此，果然是小春一個人來也不會奇怪的「時髦」咖啡廳呢，但是對於安田來說，就像窮人誤闖了皇宮一樣。

「妳想點什麼都可以喔。」

安田將菜單遞給小春，正想裝闊，立刻被小春微慍地瞪了一眼。

「你在說什麼，當然是各付各的呀。」

「不不不，這種時候多半是男生要請客吧。」

「我討厭你這種想法。不過我會點平常絕對點不下手的東西。啊，我要這個酥皮濃湯豪華午餐盤。」

點完餐之後，他與小春面對面。一旦開始大眼瞪小眼，安田反而不知道該說什麼，畢竟兩人的交集太少了。因此，安田提出此時此刻最想知道的問題。

「話說回來，妳為什麼想來時髦的餐廳？」

「至少今天想過得特別一點。」

「什麼意思？」

「這陣子都過著稀鬆平常的日子，感覺都要悶壞了。這種時候，最好的方法就是徹底轉換心情，好好享受美味的食物。」

平常只看到小春充滿活力的那一面，沒想到會從本人口中聽到這種沒精神的話語。

「但妳看起來沒那種感覺。」

「畢竟是面對客人的生意嘛。總不能露出不開心的表情。」

「發生什麼事了？」

「我就是為了忘記那件事才來這種店的。別讓我想起來。」

⓭出自新約聖經的《啟示錄》，迎接世界終局的善與惡決戰之地。亦有「末日戰場」之稱，並引申指稱世界的破滅。

小春跳開了這個話題。安田也知道再追問下去只會自找麻煩，只好藏起尷尬的情緒，繼續陪小春吃飯。

酥皮濃湯豪華午餐盤果然名不虛傳，是一道把各種食物放在同一個餐盤裡、分量十足的菜色。無論怎麼看都不像是女生吃得完的分量，但小春不僅沒有被嚇到，反而眼睛都亮了。

「就是這個，我就想吃這個。」

小春在安田面前發揮大吃大喝的功力。沒想到她胃口這麼好，安田甚至忘了吃東西，看得都入迷了。

然而，小春的胃口愈好，就表示她的煩惱愈多。如果他們真的在交往，這時就可以拋開顧忌直接問她了。安田感到沮喪，但還是很高興能在同一個時間與小春在同一個地點吃飯。

約會之後又過了一陣子，安田就知道小春在煩惱什麼了。

「一膳」提供半徑一公里以內的外送服務，小春不在店裡的時候通常都是去外送。所以這天雖然不見小春的身影，安田也沒有太在意。

只不過，聽到代替她來點餐的老闆所說的話時，安田不禁臉色大變。

「小春去外送到現在都還沒回來。她明明不是那種會溜去哪裡摸魚的孩子。」

這大概就是所謂的不祥預兆，腦中立刻警報大響。

「我去找找。」

安田丟下這句話便奪門而出。

外面已是夜幕低垂。「一膳」附近沒有幾盞路燈，比車站前更昏暗。

安田愈來愈不安。但願只是杞人憂天，否則自己可能會後悔一輩子。

不安也加快了尋找小春的腳步。

他記得「一膳」用來外送的機車顏色及款式。安田瞪大雙眼，但路邊和建築物後面都沒有那輛車的影子。

不一會兒，安田的腳步來到一間廢棄的醫院。這間醫院幾年前就歇業了，建築物已經完全成了廢墟。

就在他準備通過這裡的時候，就發現那台熟悉的機車倒在茂密的草叢裡。走近一看，果然是「一膳」的機車。

與此同時，耳邊傳來含糊不清的聲音。

「住手！」

那絕對是小春的聲音沒錯。

「小春！」

「救命。」

聲音是從建築物的後面傳來的。安田拚命踩過高度及膝的雜草往前跑。甚至顧不得芒草葉片劃破了自己裸露的皮膚。

繞到後面，夜色中可以看見兩個正在推推搡搡的人影。一個是小春，另一個人身上穿著白色的運動衫。小春正被這個穿著白色運動衫的人壓在地上。

「小春！」

安田一出聲，穿運動衫的人影就轉過頭來。是田久保。

「你在做什麼！」

「不關你的事，快滾！」

對方看起來就不是善類，顯然很習慣打架。儘管如此，安田也只遲疑了一下。看到黑暗中小春驚恐的模樣，內心沉睡的野獸瞬間被喚醒了。

「哇啊啊啊啊啊！」

安田邊吼邊衝向田久保。田久保愣了一下，隨即反應過來，身體迅速往旁邊閃開。失去目標的安田整個人往前撲倒。

失去平衡的同時，田久保已經一腳踢過來。果然很習慣打架，田久保的膝蓋不偏不倚地正中安田的尾椎。

身體受到強烈的衝擊，安田一時無法呼吸，跪在地上。

「耍什麼帥啊你。」

田久保毫不留情地乘勝追擊。肚子、臉、腰，接二連三地朝著動彈不得的安田一陣猛踹。安田起初還能感覺到劇痛，後來隨著意識逐漸朦朧，痛覺也麻痺了。

「住手，不關他的事。」

「妳也給我閉嘴。」

在逐漸飄遠的意識之中，又聽見了小春的叫聲。不可思議的是當她的聲音傳入耳中，原本已經潰散的力氣也再次凝聚起來。

「不准……對她……出手。」

然而只換來無言的鐵拳。

拜託妳，趁這個機會快逃——或許是領會了他的祈求，小春拔腿就跑。但願她能順利逃走。但不到一會兒，就聽見小春對著夜空使出吃奶的力氣大喊。

「失火了！失火了！」

效果絕佳。原本隱沒在黑暗中的民宅，窗戶開始亮起一盞一盞的燈火。

安田對她的機智佩服得五體投地。光喊救命吸引不了其他人的注意，因為人只有在危險發生在自己身上的時候才會提高警覺。

火災就更不用說了。擔心火舌可能會延燒到自己家，所以應該會有人趕來現場一探究竟。

「哪裡失火了？」

「醫院後面嗎？」

當那些大呼小叫的聲音傳入耳朵時，局面改變了。田久保一看情勢對自己不利，就頭也不回地逃走。

總算撿回一條命了——卸下心中大石的同時，原本被麻痺的感覺也回來了。被踢的部位痛得不得了，安田根本站不起來。

「對不起。」

後腦勺有一種柔軟的觸感。小春把自己給扶了起來。

「都是我害的。」

安田想告訴她別放在心上，可惜發不出聲音。

「我馬上叫救護車。」

安田覺得叫救護車有點誇張了，但還是發不出聲音來制止。好不容易才動了動嘴唇。

「別驚動，任何人。」

「可是……」

「我不希望小春，受到欺負的事……傳出去。」

小春的嘴唇抿成一條線。最後，安田被小春帶回「一膳」照顧。沒驚動警察及救護車。安田反而覺得因禍得福。

「我只是先簡單緊急處理一下，還是得去趟醫院。」

小春說話時像是動怒了。當然並不是對安田生氣，而是對田久保，也或許是對她自己生氣。腎上腺素分泌時感受不到的疼痛，如今正加倍奉還地席捲而來。安田想喊痛，但當著小春的面只能咬牙硬撐。

大概過了快一小時，感覺好不容易活過來了。雖然疼痛的感覺還是很劇烈，但至少能動了。安田勉強自己坐起來。

「妳這陣子……有些心煩氣躁，是不是跟那個人有關？」

小春聞言，靜默了半晌，這才頭低低地回答。

「……他一直纏著我不放……問我要不要當他的女人。」

「為什麼不一開始就拒絕。」

「他威脅我，我不敢把話說得太絕。」

「威脅妳什麼？」

小春又沉默了一會兒，然後下定決心似地揚起臉來。

「我是第三代的在日朝鮮人。」

這幾個字離自己的生活太遙遠，安田一時半刻反應不過來。

「安田先生，你會瞧不起我嗎？」

「不會。」

「可是也有人很在意這點。我不在乎別人知道我的出身，但我不想害『一膳』的客人減少。這裡的老闆非常照顧我。那傢伙卻說如果我不聽他的話，他就要揭穿我的身世。」

安田總算明白小春心煩的原因了。

「我氣得要命。死也不要因為這樣就任由他擺布。安田先生，我問你喔，你能心平氣和地聽我說嗎？」

「如果是害小春不開心的事，我可能無法心平氣和。」

「因為我們家的血統，父母那一代受盡了歧視。所以我最討厭因為別人出生的國家或父母的國籍而改變態度的人。就算逼我，我也不願對那種人低頭。與其被田久保那種人糟蹋，我寧願殺死對方後再自我了斷。否則不僅身體會留下創傷，內心受的傷更是一輩子都不會消失。」

安田總算明白小春的苦惱了。

「剛才的外送是那傢伙設下的陷阱。他突然推倒騎在車上的我，然後把我拖到醫院後面……要是他真的霸王硬上弓，我打算要咬舌自盡。幸好安田先生來了，救了我一命。沒想到地獄也有神佛，我好感動。」

小春看著安田包著繃帶的部位，無地自容地又垂下了頭。

「對不起，安田先生。真的很抱歉，因為我的關係害你受了這麼重的傷。」

「妳不需要向我道歉。」

大概是口腔有地方破了，鐵鏽味在嘴裡擴散開來，但安田還是努力假裝平靜。

「該道歉的是田久保。想到那傢伙跟自己是同一個國家的人就覺得噁心。」

「安田先生和田久保完全不一樣喔。」

小春以熱切的雙眸正視安田。

「就算被打得遍體鱗傷也要幫助別人的人，那種傢伙才不能相提並論。」

小春把手放在安田的手上。

那是一雙有著細緻的手指、微微發涼的手。

「聽說你的傷是光榮的勳章啊。」

隔天在「一膳」見到高峰，高峰一開口就取笑他。

「可是你都傷成這樣了還要來吃飯。比起定食屋的定食，怎麼看都是醫院的伙食比較適合現在的你。要是再拄個拐杖，你就是日本第一了。」

高峰說的話也有道理。因為安田幾乎所有沒被衣服遮住的部分都包著繃帶，半張臉也貼滿了OK繃。

「是我去看的那家醫院太誇張了。」

「為什麼不叫我啊。如果對手是田久保，看我不把他打到送醫院才怪。」

「當時根本沒有那種時間啊。」

高峰解釋那天因為橄欖球隊的練習拖到，所以到「一膳」的時間比較晚。踏入店裡的時候，小春和安田都不見人影，於是高峰就連忙出去找人。

「要是你再撐久一點，我就趕到了。不可原諒，都是你的錯。」

「立志要當檢察官的人不能動手打人吧。」

「如果是為了救人就沒問題。再說了，跟田久保那種混帳東西講法律根本是對牛彈琴。哼，我還去應援團的社團辦公室找人，那傢伙根本不敢露面。」

「你還殺進人家的社辦嗎。」

「蠢蛋，注意你的措詞。我只是去表達關心而已。不過出來應門的副團長也一臉無奈就是了。」

「一臉無奈？聽起來同樣的事已經發生過不只一次了。」

「沒錯，田久保是出了名的惡名昭彰。聽說校內以前也有人被他玷污。因為是告訴乃論⓮，所以事情沒有鬧大，但一不小心就會演變成刑事案件，因此應援團內部也很頭痛。」

「所以……」高峰接著說。

「就算田久保遭人怨恨、被人私刑制裁，社團也會選擇完全不牽扯的態度。也就是說，應援團已經同意動用私刑了。所以把他裝進布袋大卸八塊就天下太平了。」

「聽起來太瘋狂了。」

「瘋狂的是你。你面對他的時候就沒有想到自己的無力嗎。」

「你的意思是說，無力的人就只能眼睜睜地看著小春被人欺負嗎。」

「我想也不太可能。畢竟你是那種一言不合就動手的類型。」

「唯獨你沒資格這麼說我啦。」

「嗯，你的事確實不重要。」

高峰欲言又止地往店裡看了一圈。

「小春沒事吧。被人襲擊的打擊可不是我們能夠體會的。」

「所以今天難得請假了。但明天好像就會回來上班。」

「真堅強啊。我愈來愈喜歡她了。」

⓮日本在本段敘事的年代，強姦罪（現已修正為強制性交罪）仍屬於告訴乃論，已於2017年修訂。

「她說與其屈從田久保那種人，她寧願去死。」
聽到這句話的瞬間，高峰的表情繃緊了。
「田久保不只是下流的男人，作為人類也是個卑賤的傢伙。這部分的細節，小春都告訴你了吧。」
「昨晚聽說了。」
「她的家庭肯定讓她吃了不少苦。」
「你認識小春的家人嗎？」
「偶然認識的。她家裡只有三個人，她、母親還有妹妹。母親和小春負責工作養家。」
「你還真清楚啊。」
「我也不想這麼清楚。」
高峰露出不願意想起的表情。
「今年四月，我在車站前看到有人吵架。幾個中學女生在找一個穿朝鮮服的女孩麻煩。」
「……真討厭的畫面啊。」
「對呀，真的很討厭。因為實在太讓人厭惡了，我忍不住露出燦爛的笑容擠進去，結果那群女生就一哄而散了。」
閉上眼睛，眼前彷彿可以浮現出當時的情景。

「剛好是放學時間，又因為順路，我索性就送那女孩回家，結果出來應門的人就是小春。我才知道這個女孩是她的妹妹。」

「霸凌已經變成常態了嗎？」

「根據那群女學生的口氣，感覺是那樣沒錯。姊妹也都習慣這種狀況了，還叫我不要擔心。可是啊，她們家就只有母親能保護她們。」

安田正臉凝視著高峰。

「你說過你喜歡小春對吧。」

「我說過。」

「你也說過你將來想當檢察官對吧。」

「說過。」

「要被錄取為檢察官的時候，除了本人的經歷，當然也會調查家人及親朋好友的背景吧。儘管如此，你還是想跟小春交往嗎？」

「我不知道錄取檢察官到底要採用什麼合格標準。」

高峰清了清喉嚨，坐正身體。

「但我可不想變成用膚色或國籍來挑選交往對象的臭男人。」

他們終於意見一致了。

「既然如此，我想拜託你一件事，高峰學長。」

「幹麼突然叫我學長啦。」

「可以請你幫忙保護小春嗎？但願田久保會就此放棄，不過我實在很不放心。我想保護她，但我現在的情況對戰力而言很不利。」

「豈止不利，你根本不能算是戰力啊。」

高峰話未說完，就一把抓住安田纏著繃帶的手。

「痛、痛……好痛！」

「才輕輕摸一下而已，瞧你這副德性。暫時安分一點吧！喔，不如一直安分到我和小春的戀情修成正果吧。不管從哪個角度來說，你都太礙事了。」

從這麼孔武有力的男人口中說出「戀情」二字，安田不禁就要莞爾一笑，但肚子好痛，實在笑不太出來。

「你剛剛想笑吧。你要是敢笑，小心繃帶的數量會再增加。」

高峰露出凶惡的表情，但是從他身上感受不到一絲威脅。

「但我還是很感謝你挺身而出、保護了小春。謝啦。」

4

八月，大學開始進入漫長的暑假，但「一膳」看準住宿生還是得吃飯，所以還是持續營業。

安田照常到「一膳」去吃晚餐，只是多少出現了一點變化。他開始跟高峰同桌了，所以最裡面的那張桌子同時也成了安田的專屬座位。彼此還是跟以前一樣互相調侃，但不再針鋒相對，只是些能增加喝酒樂趣的鬥嘴。

「所以說，你們法律系的人為何什麼都要分出個青紅皂白。世上多的是處於灰色地帶的狀況。」

「囉嗦什麼，經濟系的。日本就是因為立場搖擺不定，才會受到各國的鄙視。」

有一次他們正高談闊論著天真的議題，小春就捧著相機跑過來。

「你們什麼時候變成好朋友了。」

「才不是好朋友！」

「就算是小春說的，我也要請妳收回剛才那句話。」

「好好好。我晚點自會收回那句話，先笑一個。」

沒多久，兩人的拍立得合照就被貼到牆上了。安田也覺得照片中的自己笑得很自然，所以沒打算撕下來。

他們依舊留意著田久保的動靜。或許是讓同為常客的安田受傷，心裡有疙瘩，田久保有段時間都沒在「一膳」出現，但是那宛如爬蟲類的眼神始終令安田耿耿於懷。

不會因為一兩次的阻礙就輕易放棄——他的眼神透露出這種執拗的訊息。

隨著盂蘭盆節的腳步接近，返鄉的學生增多，連「寺井寮」住宿生常光顧的「一膳」客人也顯著減少。傍晚前這段時間，店裡就只有安田和高峰兩個人。

「安田，我到了這個歲數，第一次聽到門可羅雀的啼聲。」

「那是怎樣的啼聲啊？」

「嘎啦嘎啦嘎啦。」

「那是蛇的叫聲吧。」

兩人低聲竊笑，老闆古田面色不善地斜睨他們一眼。

「我說你們兩個，就算是常客也別亂開玩笑，太觸霉頭了。」

「可是啊老闆，不是觸不觸霉頭的問題，眼下就只有我們兩個客人啊。」

「晚餐時間是五點才開店好嗎。你們先來占位置，還好意思說什麼門可羅雀。其他常客馬上就來了。」

安田和高峰這麼早來是有原因的。不用說也知道是為了保護小春。小春不能因為田久保對她心懷不軌就請假不來上班。所以他們決定如果小春需要出門外送，屆時就由他們其中一人充當保鑣同行。

「又不是讓小孩出去跑腿。」

小春極為抗拒。但是多一個男性人手的話，外送量就可以倍增，所以老闆倒是歡迎之至。

基於這樣的前因後果，整個暑假期間，這兩個人都比小春還更早到店裡待命。

「在那之後，田久保都在幹什麼啊？」

「不知道。」

被詢問的高峰搖搖頭，拈起開胃小菜的毛豆來吃。

「大概是知道我找上門問候了，聽說就連大白天也不敢靠近社辦。」

「要是他能夾著尾巴滾遠一點就好了。」

「不。如果不能一直盯著他，我反而放心不下。」

「這不也意味著高峰學長的下馬威很有效嗎。」

「敵人躲得太好，反而會讓人疑神疑鬼。當我衝進敵陣的時候經常會產生這樣的不安。感覺如果再繼續如入無人之境，不曉得什麼時候就會突然有人從死角衝出來擒抱我……你不懂橄欖球吧？」

「不懂，但我能理解你那種疑神疑鬼的預感。因為打從我第一次見到田久保就覺得要提防這個人。」

「關於這點，我從副團長那邊打聽到一件不舒服的事。」

高峰每次要說不舒服的事，都會露出真的很不舒服的表情。這麼表裡如一的男人將來真的有辦法成為檢察官嗎？安田不禁為他的前途感到憂心。

「你聽過京阪大學的應援團是黑道生力軍的傳言吧。」

「聽過。所以我才對田久保充滿戒心。」

「那個傳言半真半假。並不是所有的成員都會變成黑道，而是黑道會接收畢業後找不到工作的傢伙。在那群能不能畢業都有問題的傢伙之中，也有人等不及畢業就直接投靠黑道。」

「田久保也是其中之一嗎？」

「這種丟人現眼的傳言如果繼續傳開，應援團就會招不到社員了。他們會希望社員盡量在就學期間重新做人，並且順利地找到工作。所以就開始進行嚴格的學長學弟制，培養出一群進入一般企業也吃得開的優秀社員。這麼一來就更不想要跟黑道沾上邊了。可是啊，像田久保那種三天兩頭就惹麻煩的問題兒童，在社團裡逐漸失去了容身之處後，也開始轉而進出黑道的事務所。」

「也就是說，田久保……」

「下次見到他的時候，很可能已經和不務正業的傢伙混在一起了。」

一時之間，安田與高峰面面相覷。與田久保單挑的話，高峰穩操勝券，但如果對方人多勢眾，那情況就另當別論了。更何況對方還是以暴力維生的傢伙。

不安愈來愈強烈的同時，老闆又出現了。

「好奇怪呀，小春還沒來耶。我打電話去她家，家人說她早就出門了。」

安田和高峰反射性地望向牆上的時鐘。再一分鐘就下午五點了。小春竟然這個時間還沒到店裡，怎麼想都很不尋常。

兩人不約而同地起身。

「要是在來的路上遭到埋伏，應該是這個方向。」

高峰走出店外後往右轉。

「你呢？安田。」

「考慮到對方可能有兩個人以上，我們應該去同一個方向吧。而且確實很有可能是在她家到這裡的途中出事。」

兩人有如脫兔般拔腿就跑。這裡距離小春家只有幾公里，對於跑步練習等同家常便飯的高峰根本不值得一提。

然而一公里過去了、兩公里過去了，依舊遍尋不得小春的身影。他們已經來到小春家與「一膳」的路程中段。

「站在田久保的角度來思考一下。」

高峰停下腳步，與安田互看一眼。

「小春的腳程也不慢，照正常的速度應該已經走了一半以上的距離。再過去是人來人往的商店街，顯然也不是能偷襲女人的地方，而且還是在光天化日下。」

「你是指小春被帶走了？」

「來這裡的路上有什麼適合監禁女人的地方嗎？」

安田回溯自己的記憶，立刻想起廢棄的鏑木醫院。

「可是天還這麼亮，就算是後面也會被人看見……啊！」

「怎麼啦？」

「如果是建築物裡面就誰也看不見了。大概連聲音都聽不到。」

「就是那裡！」

兩人不假思索地回頭。從剛才就一直在跑步，但不可思議的是連大氣都沒喘一下。

抵達醫院廢墟後，他們站到玻璃門前。

鎖從外側被破壞了。

高峰輕輕一推，門就開啟。建築物裡面十分陰暗，滿地都是辦公室家具及用品類的東西，看不清大致的輪廓。

這時，走廊另一頭傳來男人與女人爭執的聲音。

毫無疑問，是小春的聲音。

高峰衝出去的同時也喊道。

「我先把話晾這兒了，別想阻止我。」

「你也別阻止我。」

兩人衝向陰暗的走廊。

五、不允許曝光

1

在鏑木醫院廢墟發現的兩具白骨遺體被直接送往教學醫院的法醫學教室。美晴全程參與遺體的發現及運送過程，但完全無從揣測不破是否早已預料到這整件事。只知道接下來要面對的是與國有地出售案及高峰竄改公文疑雲截然不同的局面。

美晴感覺匪夷所思的，還有這兩具遺體各自埋在不同的地方這一點。光是要掀開地板已是浩大的工程，兇手還把遺體埋在很深的地下，再把土蓋回去、恢復原狀。就連只是在一旁錄影的美晴都知道那肯定要耗費莫大的體力。明明把兩具遺體埋在同一個地方可以省下不少力氣，為何要刻意分開來埋屍呢。

直接提出這個問題的下場，就是換來不破一臉「這是什麼蠢問題」的表情。

「當然是因為有比挖兩個洞所耗費的勞力還更加重要的考量。」

「所以我想問的就是那個考量是什麼。」

即使再次追問，不破也不回答。美晴索性一股腦兒倒出所有的疑惑。

「身上沒有衣服，也沒有隨身物品。而且已經完全化為白骨，所以很難斷定死因。這是兇手最初的目的，還是最終的結果呢？話說回來，這兩具遺體又是什麼關係？」

「要我說幾次，先自己動腦思考。」

被不破一句話堵回來，美晴啞口無言。

不破等人跟著運送的遺體一同前往法醫學教室。還以為只是去請教法醫學者的意見，沒想到不破提出想會同法醫鑑定的要求，嚇了美晴一大跳。

「那個……所謂的法醫鑑定……是要看實際的解剖過程嗎？」

「除此之外還有別的可能性嗎。如果妳生理上無法接受，可以在解剖室外面等。」

美晴下意識地想接受他的好意，但又想到這次如果打退堂鼓的話，以後都會被當成膽小鬼看待。而且雖說是要鑑定，但遺體已經完全化為白骨了，所以不會見血，也不會看到腐爛的組織。

「不，請讓我同行。」

遺體既然已經白骨化了，感染的可能性應該就不太大，不過兩人還是換上防護衣後才踏進解剖室。

負責鑑定的是法醫學教室的宗石教授與一名助手。兩具白骨遺體分別躺在兩台不鏽鋼製的解剖台上。室內很冷，問了那位女性助手後，才知道解剖室一向保持在攝氏五度的低溫。

「刑警就算了，很少有檢察官會同鑑定呢。」

宗石教授似乎對於不破等人在場感到很有趣。

「我想盡可能用自己的雙眼確認。」

「很有學術精神的態度，我非常歡迎喔。」

草草打過招呼後，鑑定就開始了。因為鑑定的是白骨遺體，需要用手術刀切開的部分極少，宗石教授一面向不破說明、一面仔細觀察。

「聽說現場的警官從骨盆的形狀判斷這兩具遺體是一男一女，觀察十分入微。男性的骨盆是比較高的心形；女性的骨盆是比較低的橫橢圓形。雖然也會因人而異，但性別造成的形狀差異非常顯著。」

比較兩具遺體的骨盆，的確如宗石教授所說，形狀相去甚遠。

「另外，女性因為要生產，骨盆腔比較寬；男性則比較窄，呈倒V字形。這兩具遺體確實是一男一女。再來是年齡。」

宗石教授接著用手指描摹頭蓋骨。

「可以依頭蓋骨的縫合狀況來推測年齡。兩位死者應該都是二十多歲。至於各自的死因嘛……這就難以判斷了。因為兩具遺體都有骨折、損壞的部分，很難判斷。」

「能知道身分嗎？」

「要判斷身分也有難度。兩具遺體的牙齒都沒有治療過的痕跡。白骨也可以做DNA鑑定，但這時會需要親兄弟姊妹的DNA來作為比較對象……咦？」

宗石停下觸摸男性遺體的手指。

「這具遺體的右膝有骨折痊癒的痕跡。」

所指之處確實微微隆起。

「骨折痊癒後通常都會變成這樣，所以這位男性生前很可能動過外科手術。倘若病歷還留著，就能判斷身分了。」

第二天一早，發現遺體的消息傳遍了整個地檢。不破與美晴走進會議室，折伏及調查小組的全體成員都在等他們。

「你的活躍真不負大阪地檢的王牌之名啊。不，因為是完全意料之外的成果，稱你為鬼牌或許比王牌更貼切呢。」

折伏半開玩笑地調侃，但不破的表情始終凝重。

「國有地出售案的備選物件地下埋了兩具白骨化的遺體，你認為這純屬巧合嗎？」

「在尚未確認死者身分的階段，要做任何判斷都還太早。」

「死者身分的確認調查呢？」

「根據負責鑑定的宗石教授所說，兩具遺體約莫在二十年前就化為白骨。目前正在比對岸和田市內提出的失蹤者名單。」

「你知道二十年份的失蹤者人數有多少嗎？」

「剛才已經請事務官確認過了，大約是一千人上下。」

不破面無表情地說出顯然早就料到會被詢問的數字。饒是折伏也只能一臉錯愕地看著不破。

「就算可以從白骨採集到DNA好了，但你真的打算與上千名失蹤者的親友一一比對嗎？」

「男性遺體身上有動過外科手術的痕跡。只要病歷還保留著，會比較容易鎖定身分。」

「但女性遺體那邊就沒有任何線索吧。你知道要花多少時間精力才能鎖定兩個人的身分？比起大海撈針，還不如直接問高峰檢察官和安田調整官。」

折伏自信滿滿地笑彎了嘴角。

「從荻山學園的建設預定地排除掉寺井町那塊地大概是安田調整官的意思。倘若安田調整官與兩具白骨遺體有關，排除寺井町的物件無非是為了避免遺體被發現。」

「確實有這個可能性，但這時要怎麼看待安田調整官與兩具白骨遺體的關係。」

「肯定是加害者才想隱藏遺體嘛。」

折伏的口吻理所當然至極。自以為是的態度令人不敢苟同，但美晴也不得不同意折伏的判斷。

一旦被選為學校的建設預定地，不只得拆掉廢棄的醫院建物，還得整地。施工時只要開挖地面，白骨遺體自然就會被發現了。安田身為殺人兇手，為了不讓人發現遺體，才故意向荻山理事長推薦向山那塊地。這個解釋是最能讓所有人心服口服的動機。

然而不破最痛恨沒有根據的推測，因此他的回答果然不出美晴所料。

「無論如何都應該先確定遺體的身分再來偵訊。畢竟這兩具白骨化的遺體也可能跟安田調整官或高峰檢察官沒有關係。」

「雖然早有耳聞，但不破檢察官真是個不走尋常路的男人啊。明明是你自己發現的重要證據，會不會太欠缺關注的熱情了？」

不破懶得回答，可是美晴彷彿能聽見他沒有說出口的低語。

搜查的時候不需要熱情。

「折伏先生。」

原本在一旁看兩人你來我往的岬，這時插進來打圓場。

「不破檢察官對這些比較沒有情緒起伏也不是今天才開始。看在你眼中或許覺得匪夷所思，但這也是能擔保破案率百分之百的態度。很難有什麼證物能讓這個死腦筋動一下眉頭，他也不會拿這個當偵訊的口實。」

「那就讓不破檢察官以外的人負責問話。」

折伏使了個眼色，當山及桃瀨盡在不言中地齊聲附和。這是什麼蹩腳的演技啊，美晴感到很不耐煩。吉本新喜劇的搞笑劇看起來還精彩一點。

「請不破檢察官盡速確認白骨遺體的身分。以上。」

反過來利用不破的進言，自己則攬下最簡單也最容易連結成果的工作。或許是藏也藏不住，三個人的表情都難掩沾沾自喜的得意神色。另一方面，不破始終都面無表情，所以反差更加明顯。

居中調解的岬一臉為難地沉默不語。

不破與美晴走出會議室後，岬稍微慢了一步追上來。

「這樣好嗎？」

「您指的是？」

「折伏檢察官他們打算以那兩具白骨遺體為突破點、逼高峰和安田招供。」

「好像是呢。他們幾乎已經把話說白了。」

「我同意你說的，現在要做任何判斷都還太早。」

「因此當務之急是確定白骨遺體的身分。在不知道死者是誰的情況下逼問那兩個人，大概什麼也問不出來吧。」

「你為何能說得如此篤定？」

「因為高峰檢察官與安田調整官之間存在著遠遠超乎利害關係的羈絆。恐怕他們不只已經徹底套好供詞，還打算死守某個只有他們才知道的祕密。即使面對調查小組的輪番審訊，大概也只會四兩撥千金、顧左右而言他。」

看過拍立得照片中的兩人，美晴也有同感。正因為他們有著牢不可破的連結，才能在合照被發現之前徹底騙過不破和岬。

「雖然是當務之急，但是要過濾的對象也太多了。」

「遺體很重。」

不破突然沒頭沒腦地冒出這句話，可是岬卻心領神會似地接著往下說。

「嗯，確實很重。搬運時需要工具及時間。處理遺體是最麻煩的事，所以大部分的兇手都很討厭這個過程。」

「嗯。可以的話，直接把遺體埋在犯罪現場是最有效率的選擇。」

「那個，不好意思。」

美晴誠惶誠恐地打斷兩人的對話。

「請問兩位是在說什麼？」

「不破檢察官的意思是說，殺害一男一女之後還要搬運遺體非常吃力，所以發現遺體的現場很可能就是案發現場。換句話說，兩位被害人若不是與鏑木醫院有地緣關係的人，就是附近的居民。」

確實很有道理，但如果讓不破來說的話，大概又會變成聯想遊戲吧。美晴真想大聲抗議「再惜字如金也該有個限度」。

「如果要打聽二十年前附近居民的狀況，只能問從以前就住在那裡的人。我記得次席……」

「我知道。」

語聲未落，岬已拿出了手機。

「喂，請問是『一膳』的老闆嗎。前幾天給您添麻煩了。我是從東京來的岬。其實是還有事情想請教您，現在方便過去打擾嗎……是嗎，太好了。那就待會見。」

掛斷電話，岬露出心滿意足的表情。

「不好意思，次席。」

「還有什麼問題？」

「可以讓我同行嗎？」

「我本來就是這個打算。」

「一膳」的店鋪後面是老闆鋪設了石棉浪板屋頂的平房住宅。門牌寫著「古田」，這大概就是老闆的姓氏吧。

對講機是舊式的，門鈴聲十分刺耳。

「敝姓岬。」

「久候多時了。門開著，請自己進來吧。」

古田老闆是個看似年過八旬的男人，出來迎接他們時，在睡衣外面套了一件薄外套。

「穿成這樣真不好意思。」

看樣子他平常多半躺在床上，也沒整理睡到亂翹的頭髮。

除了古田以外，家裡似乎沒有其他人。信箱也沒有其他家人的名字，恐怕是一個人生活。

「我的腰從三年前就變糟了。真是的，肩膀還有肚子就算了，腰痛真是要人命。果然就像肉字邊再加上一個要字，腰是人體最重要的地方。」

美晴忍不住問他：

「您坐起來沒關係嗎？」

「醫生說一直躺在床上反而會惡化。話說回來，各位找我這個老頭有什麼事呢？」

接下來換不破負責發問。

「我是大阪地檢的不破，請問『一膳』開業很久了嗎？」

「這家店是大阪萬博那年開的，所以想忘也忘不了。距今已經將近五十年了。當時的日本和大阪都充滿活力，小店也生意興隆。」

「因為附近就是京阪大學的宿舍嘛。」

「沒錯沒錯，你是指『寺井寮』吧。那裡的學生有很多都成了小店的常客，光靠他們就能做生意了。但也是因為這個緣故，在宿舍收掉以後就幾乎沒有客人上門。小店與『寺井寮』可以說是生命共同體啊。」

「開業這麼長一段時間，包括常客在內，想必也對這附近一帶發生過的事記憶猶新吧。」

「對呀，檢察官先生。人類會牢牢記住快樂或景氣大好時的事。因為記得，才能克服眼前的難關。」

「那二十多年前的記憶不曉得您是不是還那麼鮮明。」

「二十多年前……當時都發生過什麼事？」

「當時是大阪巨蛋球場竣工、長堀鶴見綠地線全線開通的時期。」

用當地的時事喚醒記憶果然很有效，只見古田的表情瞬間亮了起來。

「大阪巨蛋……哦，我想起來了。當時店裡忙得不可開交，光靠一個店員幾乎忙不過來。」

「那麼，你還記得常客裡有這兩個人嗎？」

不破拿出高峰和安田的合照。

古田接過照片，盯著兩人勾肩搭背的畫面看了好一會兒，接著像是猛然想起似地用力點頭。

「記得記得，我記得這對奇怪的哥倆好。」

「還記得名字嗎？」

「不，名字就沒印象了。但我記得這個體型魁梧和小個子的二人組。學年好像不一樣，真虧他們能玩到一起呢。」

「或許剛好是那段期間，請問這家店附近有人下落不明嗎？」

「下落不明……嗎？」

古田仰望天花板回想。

「嗯……檢察官先生，你是大阪人嗎？」

「我幾年前才調職過來。」

「岸和田這個地方該怎麼說呢，總之是個地緣關係非常緊密的地方，很多人都直接留在故鄉就業。話說，不是有個岸和田祭嗎。哪怕是去外地工作的人，祭典那天也一定會回來。所以如果有誰下落不明，多半都跟犯罪有關。不是走在路上被綁走，就是跟黑道扯上關係。」

「與犯罪有關也無所謂。請告訴我古田先生記得的案件。如果跟照片裡的這兩個人有關就更好了。」

「與犯罪有關的案件更好嗎，你這種檢察官也真是……」

古田原本還想接著說下去，卻突然閉口不言。

「怎麼了嗎？」

「檢察官先生……我是怎麼了，居然到現在才想起小春。」

「這位是誰？您想起了相關的人對嗎？」

「我想起來了，對啦，那個時候，小春剛好就在我這裡工作。」

「是店員嗎？」

「嗯。金森小春是在日朝鮮人。非常聰明伶俐，而且性格爽朗，是個好女孩。她是我們家的店花，也有不少客人是為了小春才來光顧的。」

「那位小春小姐失蹤了嗎？」

「我記得大學開始放暑假了，所以是八月的時候。那天我準備好晚上開店的前置作業，等著小春來店裡，可是等了半天也等不到人，結果那天小春都沒出現，隔天也沒來上班。」

「金森小春當時幾歲？」

「我記得是二十出頭。」

「有向警方報案嗎？」

「我沒有，但小春的母親應該報警了。可是我從沒聽說小春回來的消息……對了，這麼說來，得知小春出門就不知去向以後，那兩個小夥子就去找她了。」

「再請教一個問題。除了金森小春以外，這附近還有下落不明的男性嗎？」

「男的……是嗎?突然消聲匿跡的小混混要多少有多少喔。至於後來有沒有回來,我就不知道了。」

「您知道小春住在哪裡嗎?」

「她住在隔壁的安宅町,從這裡騎腳踏車就能到。只不過,金森家原本就只有小春和媽媽、妹妹三個人,不曉得她媽媽和妹妹現在是不是還住在那裡。」

「光是能打聽到這麼多消息就已經是大收穫了。非常感謝您的協助。」

不破隨便道謝兩句就離開古田家。一走出古田家,岬立刻開口。

「直接前往金森家之前,最好先確定她們是不是還住在那裡吧。如果女兒小春一直下落不明,母親和妹妹還繼續住在二十年前的老家的機率,大概也是一半一半吧。」

「嗯,我打算先去岸和田署確認金森小春的失蹤協尋報案紀錄。」

「既然如此,不如兵分兩路,我來調查男性死者的身分吧。」

或許是已經有頭緒了,岬轉過身,之後就消失在馬路的對向。他的腳步十分堅定,沒有一絲猶疑,真不可思議。

「次席是要幫不破檢察官的忙吧。」

「不。」

不破不假思索地否認。

「次席所做的一切都是為了達成調查小組的目的。他打算在折伏檢察官他們向那兩個人問話卻問不出個所以然的時候，預先準備其中一個突破口。」

「其中一個。那麼另一個突破口就是金森小春囉。」

「唯有集齊這兩個突破口，才能打開僵局。」

「即便如此，次席還是很敬業呢。在調查小組顯然沒什麼作用的此時此刻，卻不在意與您兩人三腳地尋找線索。」

「那個人從以前就是這樣。」

雖然起初對於二十多年前的失蹤協尋報案紀錄是否還留存著而抱有疑慮，幸好岸和田署已經將過去的文件全部都數位化保存了。

一九九七年的八月。在失蹤人口欄位輸入金森小春的名字搜尋，立刻就找到了。當時的地址就是古田所說的岸和田市安宅町。報案人是母親金森塔子，但並沒有小春返家的紀錄，所以報案申請也沒有撤銷。

詢問市公所果然不出所料，小春失蹤的幾年後，金森母女就搬到大阪市內了。而且母親塔子已經過世，金森家只剩下妹妹實花。

問不破該怎麼做，只見他眉頭也不皺一下地回答：

「妹妹還在就行了。」

不破與美晴立刻前往實花住的地方。她們後來搬到大阪市大正區，俗稱「小沖繩」的地區。當地林立著沖繩餐廳，流轉在店裡的談話聲也多半是沖繩方言。以前為了辦案也曾經來過這裡，還是一樣很熱鬧。

金森家住在其中一隅的公寓斗室。沒有門牌，也沒有對講機。敲門後，屋內傳來了應門聲。

「稍等一下，馬上開門。」

一個看上去三十多歲的女人從半開的門縫裡探出臉來。美晴出示檢察事務官證件並告知來意。這個人果然就是小春的妹妹實花。

「家裡很亂。」

實花讓他們進屋，屋子裡確實稱不上整潔。並不是沒有收納空間，但滿地都是雜誌和衣物。洗好的衣服晾在室內陰乾也給人不好的印象。放眼望去，晾在室內的衣物中還有男性的衣服。看樣子她不是一個人生活。

「我想請教關於金森小春小姐的事。」

不破說明來意後，實花的臉色突然一變。

「事到如今還有什麼好問的。」

語氣十分尖銳。

「為什麼現在才來調查？二十年前我們提報失蹤人口時，明明沒有人要理睬我們。」

她指的大概是當時岸和田署的應對吧。美晴不打算替他們說話，但除非明顯被捲入犯罪事件，否則員警不太可能全力出動去搜尋所有下落不明的人。

「姊姊突然不見了，我和媽媽擔心得要命。多虧姊姊和媽媽拚命工作賺錢，我才能去學校讀書。姊姊也扮演父親的角色，是我們家的支柱。但不管我們再怎麼哀求警察找人，警察也不當一回事。事到如今還有什麼好說的。」

「我明白您的心情，也請您稍微體諒一下並非岸和田署，而是在二十年後前來打擾的大阪地檢檢察官的心情。」

接著，美晴向她出示從岸和田署調來的失蹤協尋報案影本。

「日期是一九九七年八月十一日。聽說小春小姐其實是在兩天前、也就是九日傍晚出門後就不知去向了，是這樣沒錯吧。」

「姊姊工作的定食屋的老闆打電話來，說她還沒去上班。我和媽媽也一起出去找，但是都沒有找到姊姊。」

「是過了兩天才報案的嗎？」

「因為媽媽說姊姊可能隔天就回來了。於是我們又多等了一天，但是連一通電話也沒有，所以第二天就去報案了。」

「有什麼會讓小春小姐自己躲起來的原因嗎?」

「就是因為沒有,我和媽媽才這麼擔心。姊姊並不愛玩,也沒有男朋友,沒有任何離家出走的理由。再說了,要離開家也不是不行,但是她一定會告訴我們原因的。」

「完全失去聯絡了嗎?」

「沒錯。而且我們也擔心萬一姊姊回來的時候,家裡沒有人不太好,所以又在岸和田的家住了一段日子。只是我高中畢業那年媽媽就死了,所以我就搬走了。」

「搬來這裡也沒有任何音訊嗎?」

「對。」

「除了小春小姐不知去向以外,還發生過什麼不尋常的事嗎?」

「不尋常的事……哦,只有一件事。在姊姊失去音訊以後,我們每個月都會收到一封信。」

「什麼樣的信?蓋的是哪裡的郵戳?」

「很普通的茶色信封,不是郵寄的,而是直接放進我們家的信箱。也沒有寄件人的名字。」

「裡頭寫了什麼?」

「這個嘛,裡頭沒有信紙,而是塞了別的東西。不過自從我搬來這裡以後就再也沒有收到了。」

得知信封裡的內容物,美晴的心緒也隨之陷入混亂。在姊姊失蹤後開始直接投入信箱的信件。究竟是誰基於什麼理由做了這種事？

但不破卻滿不在乎地接著提問。

「請問還留著小春小姐當時穿過的衣物嗎？帽子、手套……或是其他附著毛髮的東西都可以。」

「要那種東西做什麼？」

「進行DNA鑑定。您知道『一膳』附近那間荒廢的鏑木醫院嗎？」

「荒廢的鏑木醫院……知道啊。我以前常常經過。」

「從廢墟的地底下挖出了兩具白骨遺體。其中一具據研判是二十多歲的女性。」

實花的身體頓時僵住了。

「意思是，那具遺體是姊姊嗎？」

「我們就是為了確認這件事。如果府上沒有附著令姊毛髮的物品，還請您讓我們採集您的DNA。只要是血親的DNA就能判斷了。」

「怎麼會……」

實花明顯亂了方寸，但不破還是無動於衷地接著說：

「即使要離開家，也會告訴妳們離家的理由。所以您的內心深處應該也想過小春小姐已經不在人世的可能性。」

或許是被說中了，實花出現了瞬間的沉默。後來，她腳步蹣跚地消失在後面的房間裡，再回來的時候，手裡拿著一把梳子。

「這是姊姊專用的梳子。衣服和其他的東西都處理掉了，只有這個，我怎麼也捨不得丟掉。」

「那麼我收下了。」

不破拿出手帕，將梳子包起來。

「檢察官先生，我想知道一件事。在醫院廢墟裡找到的遺體是自殺嗎？還是說是被別人殺害的？」

「包含這一點，目前都還在調查中。還請您靜候結果。」

「我已經……等了二十年了。」

「我不能隨便發言。」不破先丟出這樣的開場白。

「但我保證不會再讓您繼續痛苦下去。」

離開金森家的同時，一通電話打到不破的手機。從隱約傳出來的聲音可以聽出是岬打來的電話。

『不破檢察官那邊有什麼進展嗎？』

「我拿到金森小春的遺物了。」

『真有一套。話說，我這邊有好消息和壞消息。』

「次席想先說哪個就先說哪個吧。」

『當山、桃瀨兩位檢察官去問高峰和安田那兩具白骨遺體的身分，結果只是白費工夫。那兩個人好像都裝蒜到底。』

美晴一時半刻無法判斷這是好消息還是壞消息。

『好消息是我這邊也有進展。』

「請說。」

『我從岸和田署的丸暴那邊打聽到一件很有意思的事。京阪大學的應援團裡頭似乎從以前就有不少學生被視為當地黑道或流氓的預備軍，其中有個團員大約在二十年前突然音訊全無了。』

「知道姓名的話，就能比對就醫紀錄。」

『我已經比對過了。』

有一套的到底是誰呀。

2

兩天後，不破與美晴收到法醫學教室的鑑定報告，之後便前往會議室。等著他們的依舊是以折伏為首的調查小組成員。每張面孔上都寫滿了挫敗，除了岬以外，大概都對偵訊未果感到耿耿於懷。

折伏迫不及待地提問。

「還沒收到法醫學教室的鑑定報告嗎？」

「剛剛收到了。」

「結果呢？」

「那具女性的白骨遺體有百分之九十八的機率為金森小春，時年二十一歲。」

「與高峰、安田的關係是？」

「還在調查。」

折伏毫不掩飾自己的焦躁。感覺就像是還沒穿好鞋就衝出去，結果因此摔倒的小孩。

「就算搞清楚另一具遺體的身分，如果不釐清與他們之間的關係也是徒勞。」

「目前只能確定他們的交集是定食屋的常客與員工的關係。」

「光是這樣，關聯性也太薄弱了。」

「如果再加上另一具遺體的身分呢？」

岬在這時插話。

「昨天稍晚收到醫院的報告，已經確定那具男性遺體的身分了。」

折伏一臉驚訝地轉向岬。

「次席，你怎麼不早說啊。」

「我一大早就想通知你，可是你們三個不曉得在吵什麼，害我沒機會說。」

「……願聞其詳。」

「男性是住在岸和田市的田久保仁和，時年二十四歲。是隸屬京阪大學應援團的四年級學生。大三時與其他大學的應援團打過群架，導致右膝骨折，在大阪市內的醫院接受過治療。比對當時的病歷與化為白骨的遺體後，已經確定是同一個人。」

昨天就聽岬說過，那具白骨遺體已經確認是田久保了。比起這件事，美晴對於岬的行動力更感驚訝。大阪不是他的主場，卻還是只花一天就整合府警與醫療機構的資訊，完成男性遺體的身分確認。

「只不過，這也只是確認死者的身分而已，還不知道他與高峰、安田的關係。」

「話雖如此，他們涉嫌殺人的可能性很高。既然確定遺體的身分，只要再次逼問，一定能讓他們招供。」

「一定能讓他們招供什麼？」

岬的語氣帶有些許挑釁，緊接著問道。

「即使告訴他們發現遺體，也無法從兩人口中得到任何有力的供述。就算從已經確認遺體身分這個角度繼續追問，也只會得到相同的結果吧。尤其是高峰檢察官，說得不客氣一點，他要比你那兩個人更深諳偵訊過程。光靠事後發現的線索能逼出多少供述，我個人並不樂觀。」

這句話似乎大大地傷害了當山與桃瀨的自尊心，只見他倆忿忿不平地瞪著岬。顯然是想抗議吧，但事實就擺在眼前，就算想抗議也站不住腳。

「次席似乎有什麼好主意呢。」

「也稱不上好主意，只是能從沒有任何線索的狀態鎖定女性遺體的身分，都是不破檢察官的功勞。既然如此，要不要乾脆請不破檢察官負責問話呢。如果是熟知整個鎖定身分過程的人，或許也知道該怎麼撬開他們的嘴。」

「你有什麼攻略法嗎？」

折伏問不破。

「沒什麼特別的攻略法。」

「我想也是。」

「嫌疑人就是嫌疑人，沒有誰比誰特別。硬要說的話，只能利用充分的物證與事證，判斷嫌疑人說的話是真是假。」

「就只是這樣嗎。」

美晴在一旁看著雙方的針鋒相對，深知不破在自己也沒有意識到的情況下挑釁了折伏。

「既然說得如此篤定，請務必讓我見識一下你的本事。」

不破領命，轉身就要離開的時候，折伏也沒忘記再補上一句：

「一旦判斷能讓嫌疑人招供，請立刻移交給我們，不破檢察官不用製作筆錄也無妨。」

美晴怒不可遏。這句話的意思，就是從鎖定死者的身分到偵訊工作都推給不破，但最後還要不破雙手奉上成果。

或許是真的被氣到了，不破意外地沒應聲，逕自走出會議室。

與檢察官同進同出是檢察事務官的使命，但唯獨這次士可忍，孰不可忍。美晴認為自己應該要對折伏他們說點什麼，於是往前跨出一步。

就在這個時候……

「惣領小姐。」

簡短但充滿威嚴的聲音迴盪在室內。

岬開口了。

「怎麼啦，不破檢察官已經離開了。妳也快去進行偵訊的準備工作吧。」

「可是次席，這實在……」

但是岬沒讓她把話說完。

「不破檢察官的腳程很快，再不快點會追不上喔。」

「可是……」

「能理解不破檢察官、陪著不破檢察官的就只有惣領事務官而已吧。」

岬抓住美晴的肩膀，阻止她再繼續說下去，然後把她拉到門口，以免美晴禍從口出。

「只有她能理解那個男人。這點我倒是同意。」

折伏的風涼話從美晴背後傳來。就在好不容易熄滅的怒火就要再度爆發時，一旁又傳來岬的聲音。

「那當然。折伏先生，不，大概就連當山、桃瀨兩位也絕對無法理解不破檢察官吧。即使同樣都是檢察官，但是他的目標跟你們也不一樣。」

「這句話是什麼意思。」

「你們的目標是出人頭地。累積成果、獲得好評、一步一步加官晉爵。這種想法完全沒有問題，我也同意出人頭地的志向將會成為推進工作的動力。看在你們的眼中，不破檢察官肯定是個怪胎。輕易把功勞拱手讓人、對出人頭地看似一點興趣也沒有，既不想引人注意、也不願彰顯自己。他關心的就只有一件事，就是判斷要不要起訴。所以那傢伙大概會一直堅持待在第一線吧，直到退休都只是個承辦檢察官……這大概是他在你們心中的形象吧。」

「你是在諷刺我們嗎？」

「不是諷刺，是反駁。」

岬邊說邊帶走美晴。美晴感覺搭在自己肩膀上的手非常溫暖。

「檢察廳有太多比你們更明白事理的人。別看輕忠實貫徹自己的職務、忠實到幾乎有些愚昧的人。」

對高峰和安田的偵訊是從下午開始。負責準備工作的美晴對不破事先提出的條件感到相當訝異。

「我要同時向高峰檢察官與安田調整官問話。」

「同時？您的意思是要讓他們一起接受偵訊嗎？」

「不然還能有什麼意思。」

如果有好幾個嫌疑人，為了避免他們串供或走漏消息，原則上都是一個一個輪流接受問話。難道不破打算挑戰這個基本原則嗎？

「您讓兩個人同席有什麼用意嗎？」

「如果讓有利害關係的人同席，通常會產生牽制或謊言等問題。但如果是真的超越利害的關係，反而能期待相反的效果。」

每次都是這樣，他似乎不打算詳細說明。儘管得不到能說服自己的答案，美晴還是只能照做。

就連兩位當事人也對同時接受偵訊一事大感意外。高峰一走進辦公室，便以看到奇珍異獸的眼神瞪著不破。

「你到底有什麼企圖？」

「我沒有任何企圖。只是普通的問話而已。」

「不對，這種形式怎麼想都很不正常。」

「高峰檢察官，我們要開始了，請坐。」

不破的口吻十分冷靜，卻帶著不由分說的魄力。原本緊接在高峰之後想說點什麼的安田也噤口不言。

美晴坐在後面負責記錄。不破隔著辦公桌與他們一打二面對面坐著。前所未見的場面構圖顯然也讓兩個嫌疑人坐立難安，就只有不破一臉稀鬆平常。

「想必二位已經知道，警方從岸和田市寺井町，鏑木醫院的廢墟裡挖出兩具白骨遺體的事。」

「知道。當山檢察官告訴我了。那傢伙說得一副活像是自己功勞的樣子，但我猜應該是不破檢察官發現的吧。」

「昨天已經確認了兩人的身分。」

不破說到這裡，就將金森小春和田久保仁和的臉部照片遞到兩人面前。

沒想到是高峰先做出反應。安田只瞧了照片一眼，就斂去臉上所有的表情。

但是說到面無表情，還是不破的能面更勝一籌。

「這兩個人幾乎是在同樣的時間失去消息。二位也經常造訪的『一膳』定食屋就是他們的交集。女性是定食屋的員工，兩位還記得她嗎？」

兩人都沒有回答。這也是意料中的事。

但不破的下一句話就讓兩人現出了破綻。

「我見過金森實花小姐了。」

高峰的椅子發出聲響，險些就要站起身來。

「她已經結婚，有了自己的家庭，現在住在大阪市內。你很擔心她嗎？高峰檢察官。」

「……我不認識她。」

這絕對不是不認識的反應。而這也是不破的勝利。高峰肯定沒想到不破會劈頭就祭出小春的妹妹這張王牌。

「實花小姐與塔子女士一直等著小春小姐回家，但終究是一場空。實花小姐高中畢業後，因為塔子女士去世，便搬離了岸和田的住處。高中畢業的她已經失去兩位至親，想必實花小姐心裡一定很不安。更別說她是在日朝鮮人，要在這個充滿偏見的國家活下去實在很困難，不難想像肯定會遭受到許許多多有形無形的歧視。不過實花小姐始終都沒有忘記，每個月都會收到一次不曉得是誰寄來的信，信裡有著滿滿的心意。」

不破開始將那些信件擺在兩人面前。

已經徹底褪色的茶色信封。

一封、兩封、三封。

五封、十封、二十封。

不知不覺間，桌上已經被茶色信封堆滿了。高峰與安田默不作聲，被那些信封陣仗占據了視野。

「實花小姐連一個信封都捨不得丟掉，全都小心翼翼地收起來。裡頭裝的是現金。起初是每個月兩萬圓，後來慢慢增加到四萬、六萬，最後金額跳升到十萬。雖然不曉得是誰給的，又是為什麼要給她們這筆錢，但是對於失去經濟支柱的金森家而言，這筆錢是就算想還也還不回去的救命稻草。不知是幸還是不幸，因為不曉得寄件人是誰，信封也是直接放進信箱的，所以就算想要還也還不了。這也給金森母女一個不用歸還的藉口。塔子女士直到臨終前都十分感謝這位充滿善意的人士。她最後的一句話是，謝謝。」

聽到這裡，原本始終面無表情的安田出現了變化。他的手緊緊地捏住膝蓋，似乎正拚命忍住湧上心頭的情緒。

「有些東西過了二十年也不會改變。這不就是二位想保護的東西嗎？」

不帶一絲抑揚頓挫的平淡口吻，反而更能直擊人心；沒有激情也沒有猜疑的語氣，反倒能讓人放棄所有的抵抗、把話給聽進去。

「有人認為地位及體面、榮譽及收入是男人的價值。另一方面，也有人非常看重友情及承諾。老實說，後者通常十分棘手。可以換算成金錢的東西終究無法帶進墳墓，但是為朋友著想的心情與許下的承諾卻能天長地久、永不褪色。因為對方不想放棄這樣的寶物，所以就很難讓對方鬆口吐實。」

過了好一會兒，高峰開口了。

「這麼熱血的台詞聽得我都不好意思了。我做夢也沒想到不破檢察官是這樣的人。」

「這是事實喔。雖然非常罕見，但是再也沒有比想保護他人的嫌疑人更難纏的對手了。不過，高峰檢察官，還有安田調整官。」

不破倏地湊近兩人的臉。

「確定身分後，也有人會對金森小春和田久保仁和的關係產生不好的聯想。如果想維護死者的尊嚴，現在不正是應該把真相解明的時機嗎？」

高峰以左右為難的表情看了安田一眼。

不一會兒，安田心領神會地點頭。

「可以了，高峰。到此為止吧。」

這是攻下安田的瞬間。

「安田，還早呢。這是不破檢察官打的如意算盤。他想從我們的過去進攻。」

「不管是不是如意算盤，我怎麼也沒料到他會以這種方式正面進攻。既然你也在旁邊，我就打開天窗說亮話了。當他使出同時問話這一招的時候，我們就沒有勝算了。可是啊，不破檢察官，這句話聽起來好像在逞強，但我們並不是輸給你。」

安田的視線再次落在那堆信封上。

3

安田和高峰聽見小春與某個人的爭吵聲，便衝向聲音傳來的方向。不尋常的聲音讓他們內心充滿不祥的預感。

然而蔓延到走廊的雜草和散亂的辦公室家具阻擋了兩人的去路。他們各自拿出手電筒照亮前方，但手電筒能照亮的範圍小得可憐，腳下一片漆黑。宛如走在雜草叢生的叢林裡，遲遲無法前進，這令他們心急如焚。

「剛才那個男人的聲音應該是田久保沒錯吧？」安田問道。

「嗯。」高峰簡短地回答。

「我聽過好幾次，那種像是黏液般噁心的聲音想忘也忘不了。」

小春會和田久保起爭執的狀況就只有一個可能性。那無疑是最糟糕的狀況。

「你猜我剛才想到了什麼。」

「我猜跟我想到的一樣。」

「要是真的如我所想，我沒有信心能控制自己。」

「我也一樣。應該要有人來阻止鬧出人命，但顯然是阻止不了了。我們可能會把他揍得只剩半條命。」

小春他們的聲音突然消失了，有好幾秒鐘即使豎起耳朵也聽不見任何聲音。明明爭執停止了是好事，但這反而讓兩人更加不安。

「小春！」

「快回答我們！」

兩人大聲嚷嚷的聲音空蕩蕩地在廢墟裡迴響。

拜託妳。

再發出一次聲音。

小春在哪裡？

兩個人分頭找人，一一打開診間的門。

不對，不是這裡。

也不在這裡。

至少回句話呀。

就在安田打開第三個診間時，慘絕人寰的畫面映入眼簾。

一對男女躺在把診療台推到角落所空出來的地板上。不出所料，是小春和田久保。小春仰躺著，面向天花板。而田久保趴在她的身上，鮮血正從後腦勺汩汩湧出。

安田和高峰不假思索地衝向小春，可是一碰到她的身體，高峰便忍不住發出呻吟。

小春的胸口露出了一截刀柄。定睛一看，傷口的出血量相當驚人。現在是剛好被刀子堵住，要是把刀子拔出來的話一定會血流如注。安田努力收拾方寸大亂的心情，觀察小春的表情。他甚至不敢抱起她，只能從上方呼喚她的名字。

「小春、小春！」

安田沒有搖晃她的身體，只是拚命地持續呼喊她。小春微微睜開了眼睛。

「安、安田先生。」

小春的音量低到彷彿隨時都會消失，只能勉強辨認。感覺她每說一句話都會流出大量的血。

「我被襲擊……拚命抵抗……結果被刺了一刀……」

小春無力地移動手指，指著一塊人頭大小的水泥塊。那似乎是地板剝落碎塊的一部分，鋪在表面的油氈沾滿了血。她是用這個打了田久保嗎？

「高峰先生，田久保呢？」

「等一下喔。」

須臾之間，高峰在田久保旁邊蹲下，有些粗魯地把人抱起來，確認他是死是活，然後立刻做出了判斷。

「不行了，已經沒氣了。心臟也停了。」

他的聲音聽起來有點緊張。立志成為檢察官的高峰想必瞬間想到的是小春的傷害致死罪。開什麼玩笑。這是不折不扣的正當防衛。安田低頭看著小春。

「小春，別亂動。我馬上叫救護車。」

小春聞言，氣若游絲地搖頭。

「拜託，替我……保守……祕密。」

「可是……」

「絕對……不能讓別人……知道。」

哪怕只有手電筒的微光，也看得出生命力正從小春的臉上迅速地流失。為了讓她放心，安田只好答應。察覺到情況有異的高峰也回到安田旁邊，送小春最後一程。

「也拜託……高峰先生。實花……還是……中學生。」

沙啞的嗓音令人心疼不已。都到了生死關頭，小春還在擔心妹妹。

「我明白，小春。我不會告訴任何人。這是我和安田的祕密。」

要是被別人知道姊姊是殺人犯，實花將失去立足之地。因為比誰都明白小春的擔憂，安田只能隨著高峰點頭。

得到兩人的首肯後，小春的雙眼失去了光采。

「小春。」

「小春。」

小春對安田和高峰的聲聲呼喚毫無反應。安田直視小春的瞳孔，高峰則是按住她的手腕，測量脈膊。

安田死都不想承認眼前的狀況。

太奇怪了。

人怎麼會因為這樣就死掉。

高峰大概也是同樣的心情，他握著小春的手腕，不知所措。

「別死，小春。不要死。」

高峰發出帶著哭腔的聲音，太不像他了。

可惜他們的希望落空了。死神毫不留情地降臨。小春雙眼圓睜，心跳已經停止了。摸著脈搏的高峰臉上流露出驚愕與狼狽的表情。

過了好一會兒，兩人都還發不出聲音來。對死亡的概念應該跟一般人沒兩樣，可是看到小春如此輕易地在眼前過世，只覺得上天開了一個超級不好笑的玩笑。

「小春真的死了嗎？」

這次換高峰探出身子，把臉湊到小春唇畔。安田任由他去，已經沒有氣力要他別再做無謂的掙扎了。

高峰的表情由狼狽轉為絕望。額頭擱在小春胸前，肩膀上下抖動。

重若千金的沉默降臨。加上周圍的黑暗，讓兩人陷入宛如置身地下墓穴的錯覺。

獻上長達好幾分鐘的默禱後，安田把手放在高峰肩上。

「已經……可以了嗎。」

「……嗯。可以叫救護車了。」

「別說傻話了！你沒聽見小春的遺言嗎。她要我們保守祕密。」

聽到安田的叱責，高峰這才想起小春臨終的交代。

「不管我們再怎麼作偽證，小春與田久保同歸於盡是明明白白的事實。未來的檢察官，請問在這種情況下，正當防衛能成立嗎？」

「這要經過司法解剖才知道。」

「我想也是。就算法官承認這是正當防衛好了，也無法改變小春殺死田久保的事實。留下來的母親和妹妹肯定會受到無謂的誹謗中傷。她無論如何都不想牽連到母親和妹妹。」

「那你說，該怎麼辦？」

「把兩個人的遺體藏起來。這麼一來就沒有人知道這裡發生過命案了。雖然小春會變成失蹤人口，但總比變成殺人兇手好。」

「要藏在哪裡？」

「當然是這裡。變成廢墟的醫院。好像是因為前任院長有不好的傳聞，所以到現在都還沒有找到土地的買家。是最適合用來埋遺體的地方。」

高峰輪流打量兩具遺體。

「或許也只能這樣了。」

「如果要尊重小春的遺願。」

他們要做的事可是遺棄屍體，立志成為檢察官的高峰大概會有所抵觸。萬一被發現的話，就算通過司法考試也無望進入檢察廳。即使高峰拒絕，安田也不會怪他。屆時只要把高峰趕出廢墟，然後自己一個人來掩埋遺體就行了。

「我有個建議。」

看吧，來了。

「我不想把小春和田久保那個混帳埋在一起。把他扔到別的地方吧。」

「了解。」

接下來的作業十分順利。安田從「寺井寮」拿來鏟子，兩人開始合力挖洞。不知是基於對小春的心意，還是擔心棄屍一事被發現的恐懼，動作十分迅速。

地板已經腐朽大半，不費吹灰之力就能掀開。兩人移開地板下的根太和大引，露出了泥土地。再來只要繼續往下挖就可以了。

整個挖掘的過程中，兩人都沒有交談。明明是犯罪的行為，現場卻充斥著嚴肅的氣氛。

「差不多可以了。」

挖到五十公分深時，高峰總算開口。安田也同意這樣的深度大概可以了。

「真是對不起啊，不能讓妳睡在棺木裡。」

有高峰幫忙真的是太幸運了。不光是有人分擔需要出力的工作，還能替自己說出雖然想說卻說不出口的話。

安田慢慢地拔出小春胸口的刀子。死後已經過了一段時間，血液不再循環，因此傷口只流出一點血。他又看了刀子一眼，是把折疊刀，感覺再也沒有比這個更污穢的東西了。安田擦掉指紋，裝進自己帶來的塑膠袋裡。接下來只要拿去別的地方丟掉就好了。

兩人抱起小春的身體，小心翼翼地放進挖好的洞裡。不約而同地雙手合十。

「即使背了再多法律條文，面對眼前的狀況也無用武之地。」

高峰顯然很不甘心。

「要是我背過什麼經文就好了。」

他們用手捧起土，撒在小春的身上。沒多久後，泥土便覆蓋了小春的全身，接著兩人再用鏟子鏟土蓋上。

沉默再度降臨了。

雖然是在不得已的情況下埋葬妳，但是不管發生什麼事，我們都會死守對妳的承諾。所以請原諒我們。

我們知道妳放心不下妹妹。雖然不確定能做到什麼地步，但我們會替妳守護她。或許無法做到像小春那麼面面俱到，但我們會盡可能幫助她。

不用問也明白，高峰想必也是同樣的心情。他那閉上眼睛祈禱的表情可見到前所未有的肅穆。

把土蓋上，將地板鋪回去，最後再把診療台移回來。仔細觀察的話或許就能發現開挖過的痕跡，但基本上沒有人會靠近廢墟。就算有不良少年或流浪漢闖入，大概也不會注意到那些痕跡吧。

接著輪到掩埋田久保的遺體了。生前再怎麼下賤的人，死後也不再面目可憎。兩人都沒有鞭屍的惡趣味，將遺體搬到另一個診間後就挖了個洞埋進去。

「南無阿彌陀佛，南無阿彌陀佛。」

覆土的前一刻，高峰怪腔怪調地念著佛號。

「什麼啊，那種有氣無力的念法。」

「這是我最後的心意。即使是這種混蛋，死後也會成佛吧。」

話雖如此，但完全沒有埋葬小春時的肅穆感。挖洞的作業也充滿公事公辦的無奈。

這邊也是在移來診療台之後結束了埋屍作業。拍掉沾到衣服的塵土，疲勞的感覺一湧而上。

仰天長嘆的同時也覺得腰快要斷了。

「怎麼啦？」

「累死我了。」

「真沒用，平常就要鍛鍊身體啦。」

高峰邊說邊在他身邊坐下。

「對了參謀，接下來該怎麼辦？」

「我什麼時候變成參謀了。」

「拿主意的人不是參謀是什麼。」

「哪有什麼接下來不接下來的，只剩死守祕密這條路了。」

「居然這個歲數就已經抱著必須帶進墳墓的祕密啊。」

「還有一件事。她很擔心妹妹的將來。不曉得以學生的身分能做到什麼地步，但我想盡可能資助她的妹妹。」

「這件事沒必要限定於學生時代吧。」

「嗯？」

「嗯什麼。我的目標是檢察官，然後你不是想當上財務官僚嗎。只要能順利進入公職的話，不是會比現在還更有能力資助她嗎。」

「學長，你打算一直資助她妹妹嗎？」

「畢竟是我愛上的女人的妹妹嘛。既然小春不在了，當然要代替姊姊照顧她。至少要照顧到那孩子高中畢業。」

沒想到他想得那麼遠，安田佩服得五體投地，然而就在下一瞬間，自己也想要加入了。

「可不能只讓學長耍帥啊。」

「長腿叔叔一個就夠了。」

「你還沒到叔叔的年紀吧。」

安田與高峰相視苦笑，緩緩地站起來。

沒人能保證這個誓言能守到什麼時候，但安田有種預感，至少還會跟這個男人共同行動一段時間。

離開廢墟後走了一段路，來到橋邊。雖然是條小河，但河水很湍急。安田從塑膠袋中拿出刀子，小心不要沾上自己的指紋，丟進河裡。

刀子劃過空中，寒光閃閃地反射了一下光線，隨即被吸入了河水之中。

＊

「以上就是我們犯下遺棄屍體罪的全部過程。」

說完遙遠的往事之後，安田吐出一口大氣。

「先講清楚，我們只有棄屍，沒有殺人。這點我可以對天發誓。」

遺棄屍體罪是三年以下的有期徒刑，但公訴時效也只有三年。倘若安田的證詞為真，已經不可能再以遺棄屍體罪來向他們問罪了。

不破不可能沒注意到公訴時效的問題，從他接下來說出口的話也聽不出半點激情。

「實不相瞞，我收到委託鑑定的法醫學教室提出的驗屍報告。兩具白骨遺體都損毀得很厲害，難以確定死因。男性的後腦勺有個凹陷處，應該是被鈍器狀的凶器毆打致死。安田調整官的證詞也證實了這一點。」

「感謝你願意相信我。」

「但女性、也就是金森小春的死因尚未確認，因此不能完全聽信你的證詞。」

「畢竟是二十多年前的事，我和高峰也很小心不留下證據。當初的滴水不漏如今卻讓我們百口莫辯，真是太諷刺了。」

「你不願意為國有地出售案的問題作證，是因為遺棄屍體的行為嗎？」

「在荻山學園建設預定地的候補名單中出現廢棄的鏑木醫院時，我嚇得冷汗直流，簡直是晴天霹靂啊。仔細想想，直到今天都沒有人要買下那塊地，這件事本身就已經夠幸運了。」

「那麼，你跟荻山理事長之間真的沒有行賄的事實嗎？」

「這點我也可以對天發誓。比起讓小春的罪行被攤在陽光下，捲入收賄疑雲根本只是小意思。只要拒絕作證，檢察官的懷疑就會一直鎖定在這個層面，是很好的障眼法。」

「而且被選來負責偵訊的竟然還是高峰檢察官。這麼一來，你們連串供都免了。」

「接下來由我說明吧。」
高峰在這時插話了。
「補充一下不破檢察官的推測，特搜部決定調查國有地出售案時，是我主動說要承辦這個案子的。因為我深知自己平日的工作表現還算頗受好評，所以有自信能拿下這個案子。」
負責調查的人與被調查的人擁有相同的祕密，簡直就像是直接附贈劇本的蹩腳戲劇。想也知道調查肯定會陷入死胡同。
「唯一的懸念是安田與荻山理事長的交涉過程。不只向山的物件，荻山理事長對寺井町的那塊地也很感興趣。事實上，擬定候補名單的時候，依照小學設施整備方針也是寺井町那塊地會比較適合蓋學校。然而一旦開始興建，可能就會挖出小春他們的遺體。因此安田只好提出折衷方案，透露如果是向山的物件，或許能降低價格。」
不知是羞愧還是對背信感到過意不去，在一旁聽著的安田緊咬嘴唇，把頭垂了下去。
「看到交涉紀錄時我嚇壞了。雖然是安田不經意的一句話，但是從整個交涉過程看下來，如果只刪除這個部分就會變成非常不自然的紀錄。」
「於是你只好把記錄那段對話的第二十四頁整張換掉。」
「我先抽換正本，再把影本寄給近畿財務局。總之必須從公文與提到那句話的所有文件中把有問題的那句話拿掉。但我沒想到會因為紙質不同讓整件事露餡。」

「自以為已經小心翼翼地做到滴水不漏的地步了，不料還是百密一疏。這個人從以前就是這樣。」

「你也好不到哪裡去吧。說到底，還不都是因為你不小心提出了降價的交易才成了失敗的原因。」

安田與高峰互相指著對方的鼻子罵，但不可思議的是，聽起來卻不覺得面目可憎。大概是因為這兩個人的反應就像是鬧脾氣的孩子。

然而，不破這樣的人就是會對他們潑一把冷水。

「遺棄屍體這件事本身早已過了追訴期。即使事過境遷二十年，你們還是想阻止鏑木醫院那塊土地出售，是為了隱瞞金森小春犯的罪嗎？」

「我們不知道實花的下落，如果能隱瞞到底，自然是打算帶進墳墓裡。」

「我明白你們的心情。但是因為擔心遺棄屍體的罪行曝光，不惜操作國有地的出售價格，不僅如此，還抽換掉記載交涉紀錄的公文，以上都是必須受到譴責的背信行為。」

不破不留情面的話語凍結了室內的空氣。

「我敬佩二位遵守了應該要遵守的約定、保護了應該要保護的人。但是身為公務員，必須得為背叛公務的行為贖罪。」

「現在的背信行為還重於過去的遺棄屍體罪行嗎。果然是你會說的話呢。」

高峰像是已經看開似地苦笑。

「放心吧。我和安田既然願意招供，就已經做好心理準備了。看你要起訴還是要怎樣都可以，我們會在法庭上堂堂正正地為自己辯白。」

「如果你不打算追究我們遺棄屍體的罪行……」

安田接著說。

「要怎麼懲罰我們，我們都甘之如飴。但是可以請你們不要公開小春的名字嗎？既然知道實花已經有了自己的家庭，我不希望擾亂她現在的生活。」

「我也拜託你了。你大可以追究我們身為公務員的責任，但是對於金森家而言，犯人已經死了。再挖出過去的事對誰都沒有好處。只會催生出新的悲劇與不幸。」

高峰低下平常不輕易低垂的頭，安田也跟著低頭懇求。兩人都是接受調查的嫌疑人，雙雙向承辦檢察官低頭的畫面實在蔚為奇觀。

看到安田與高峰卡在公與私、使命與友情的夾縫中，一路兩人三腳地走來，就連身為局外人的美晴也不免心生同情。

但不破化成灰都依舊是不破，即使面對兩人低頭懇求的模樣，他還是無動於衷。

「我無意打擾被害人家屬好不容易得到的平靜。但也不能因為過了追訴期就停止調查。」

聽到這句話，兩人倏地抬起頭來。

「就像高峰所說的，追訴期已經過了，犯人也不在人世了。即便如此，你還是執意要把事情鬧大嗎？你的敬業精神未免也太冥頑不靈了。」

「執行公務沒有什麼冥頑不靈的問題。」

「你這麼做毫無意義，只會讓所有人都變得不幸。」

「光是釐清真相就有意義。」

「別再說了，安田。沒用的。」

高峰無可奈何地搖頭。

「不破檢察官是大阪地檢最不通人情的檢察官。大概只對六法全書的條文感興趣。既不願揣摩上意、也不會同情弱小。他就是這樣的男人。」

「所以才對他的能力讚譽有加嗎？大家也都說高峰是有才之人，但是看樣子，你們的才能不太一樣。」

這句大概是安田的嘲諷，可惜威力還不足以扯下不破的能面。只見不破雲淡風輕地開口。

「這與每位檢察官的風評無關。請協助我們製作筆錄。」

「不破檢察官，不好意思，除非你保證金森小春的名譽不會受損，否則我們將無法繼續協助調查。」

「如果二位不願意主動協助調查，那只好強迫二位協助調查了。我想不用我再解釋，協助檢察官調查不是選擇，而是義務。」
不破輕描淡寫的語氣除了職業道德，再無其他。
在那之後，安田與高峰都沒有再說過一句話。
兩人離開辦公室之後，岬立刻就走了進來。從不破口中聽聞偵訊的成果，表情蒙上了一層陰影。
「好不容易兩個人都願意鬆口了，卻卡在原則問題嗎。雖說這就是不破檢察官的風格，但也不必讓對方從願意一五一十從實招來的態度又變回緊閉的蚌殼吧。」
岬先以語帶責難的口氣說完，隨即馬上更正自己的說法。
「……不過，這麼一來就違反不破檢察官的作風了。既然對方已經卸下心防，你也不喜歡再欺騙對方。」
「不是這樣的。」
岬露出意外的表情。美晴也同樣感到不解。
「如果是為了得到正確的供述，我可以接受輕微的恫嚇或誘導。」
「嗯嗯。既然如此，你為什麼不願意維護死者的名譽呢？能證實金森小春殺人的就只有那兩個人的證詞。揭發嫌疑人死亡的犯罪固然不是毫無意義的措舉，但也不值得因為這樣就讓對方拒絕回答吧。」

「我個人還無法接受。」

「光靠他們的證詞還不夠嗎？」

「得知背景後，兩人作偽證的可能性確實不高。但還有幾個疑點。唯有消除那幾個疑點，才能結束對金森小春犯罪一事的調查。」

「還有哪些疑點？」

「安田調整官與高峰檢察官的證詞中關於發現遺體的部分。」

聽完他的回答，岬盯著不破，搜尋自己的記憶。過了一會兒，似乎想到了什麼，豁然開朗地頷首。

「哦，原來是這麼回事啊。」

「是的。只有那一點怎麼都兜不起來。」

「我也同意兜不起來，但就算是這樣，也無法改變兩人的證詞是獨一無二的根據這個事實。那些疑點不可能消除吧。」

「我有個想法。」

「你敢這麼說，表示你的想法比證詞更有力。」

「我請府警本部進行鑑識了。應該很快就會有結果。」

聽到不破的回答，岬放下心來，舉起一隻手示意了解，然後走出不破的辦公室。
只剩下美晴一個人腦子裡充滿了問號。
「檢察官，您剛才與次席的對話是什麼意思？」
「就是妳聽到的意思。次席也有跟我相同的疑問，同意我繼續調查。」
是對什麼有什麼疑問啊？美晴想問，但也深知這個人絕對不會仔細地說明。大概只會跟平常一樣要她自己思考吧。美晴也不是新人事務官了，與其對不破氣得牙癢癢，不如自己先找到答案。因此美晴開始回頭審視自己對安田與高峰證詞的紀錄。
但美晴實在看不出來，這裡面到底有哪些疑點。

4

一週之後，不破帶著美晴造訪實花位於大正區的住處。今天也只有實花在家，不見另一半的人影。
「我老公去 Hello Work⑮了。」
實花像是在解釋。如果是出門找工作，根本無需羞於啟齒，看來實花很在意別人的眼光。
「我們是來通知您，ＤＮＡ的鑑定結果出來了。在鏑木醫院廢墟發現的其中一具遺體確實是令姊沒錯。」

「這樣啊。」

實花未顯驚慌失措，但確實難掩失望。

「我姊姊是被殺害的嗎？」

「如果目擊者的證詞可信的話。我認為應該八九不離十。」

「兇手是誰？一起被發現的那具遺體就是兇手嗎？」

「您怎麼會這麼想？」

「因為我姊姊不是那種坐以待斃的人。她比男生還勇敢，至少會對兇手還以一點顏色才對。」

「您也許是對的。不妨告訴您，我剛才提到的目擊者就是小春小姐失蹤後，每個月都把現金投入府上信箱的二人組。小春小姐直到臨終前都非常掛念您。那兩個人聽從她的遺言，決定盡可能提供您經濟上的援助。」

「姊姊她這麼說嗎……」

實花哽咽，沒辦法把話說完。顧不得不破和美晴也在場，開始小聲地啜泣。

⑮公共職業安定所，暱稱為「Hello Work」。由日本政府成立的職業介紹機構。

等到實花平靜一點，不破才接著往下說。

「以下的內容也是根據目擊者的證詞。他們說小春小姐胸口被刺，那好像是致命傷，她把您託付給他們以後就斷氣了。發現遺體的前一刻，兩人聽見了小春小姐和男人爭執的聲音，小春小姐說自己是遭到攻擊後奮力抵抗，被男人刺了一刀。從狀況上來看，小春小姐說的話並沒有矛盾。雖然沒有物證，但應該可以相信是那個男人刺傷了小春小姐。」

「那個男人是什麼人？」

「他姓田久保，隸屬於京阪大學的應援團。儘管還是學生，據說已經幾乎成了黑道的預備成員，從以前就盯上小春小姐了。」

「好過分。被姊姊回擊也是活該。」

「回擊的形容或許並不正確。」

不破伸出手。美晴接收到指示後，便從公事包裡拿出一張紙交給不破。

那是鑑識報告的影本。

「這是兩枚指紋的鑑識報告。左邊的指紋採集自應該是用來毆打田久保的凶器。」

「咦？凶器？已經是二十年前的事了，還能找到凶器嗎？」

「凶器是在發現小春小姐遺體的現場找到的，那是地板剝落的一部分。凶器上也採集到了田久保的血液。幸好根據目擊者的證詞也能確定凶器是一部分的地板碎塊，上頭鋪著油氈，表面的油膜很容易沾上指紋，這點實屬僥倖。」

不破接著指向右邊的指紋照片。

「這張則是前幾天採集到的指紋。兩枚指紋完全一致，這些指紋的主人可能就是殺害田久保的犯人。」

「那個，右邊的指紋難道是……」

「沒錯，是從小春小姐的梳子上採集到的。」

「所以說，果然是被我姊姊反擊的不是嗎。」

「不，完全一致的是您的指紋喔，實花小姐。您將梳子遞給我的時候，手摸到梳子了。所以才能比對兩枚指紋。」

實花一臉茫然地看著不破。

「難不成……你從一開始就懷疑我了。」

「這只是一個可能性。兩位目擊證人看到的畫面無論如何都會夾帶個人主觀的成見，不能百分之百相信。證詞的內容也有不自然之處。胸口被刺一刀的小春小姐處於瀕死狀態，但後腦勺遭到重擊的田久保已經死了。如果是田久保被小春小姐反擊的話，表示是胸口插著刀子的小春小姐趁田久保不注意的時候，用幾乎跟人頭一樣大的地板碎塊從背後毆打田久保。這未免太不自然了，我實在難以信服。最合理的解釋就是田久保刺殺了小春小姐，在六神無主的時候遭到第三者從背後襲擊。」

「可是姊姊最後說的話……」

「她是這麼告訴目擊者。『拜託替我保守祕密、絕對不能讓別人知道、實花還是中學生』。他們認為小春小姐是擔心萬一自己殺人的事傳出去，妹妹將失去立足之地，但小春小姐的意思其實是希望他們保守祕密，別讓外人知道妹妹才是真兇，因為妹妹還是中學生。從這個角度解釋的話，全部都兜起來了。」

聽完不破的說明，實花一時半刻沉默不語。

「鏑木醫院廢墟的門以前就遭人破壞了。而且破壞的不只是玄關門，還有後門。換句話說，兩位目擊者是從櫃台處前往現場，而殺害田久保的犯人則是從後門逃脫的。只是身受重傷、奄奄一息的小春小姐無法掌握到這麼多細節，一心以為趕到現場的那兩個人也看到您了，所以才會對他們這麼說。直至生命的最後一刻，小春小姐還是一心掛念著您。」

實花突然一屁股癱坐在地上。

她低著頭，動也不動地凝視地板。

不破也彎下腰，與她平視。

寂靜持續了好幾分鐘，實花終於開口。

「……聽說姊姊一直沒到『一膳』，所以我也出去找人。經過鏑木醫院後面的時候，就聽見裡頭有聲音。檢察官先生說的沒錯，後門的鎖早就壞了。我走進診療室一看，發現那隻禽獸正騎在姊姊身上。我想阻止他，一陣混亂中，姊姊被刺了一刀。」

說著說著，實花逐漸激動起來，音量愈來愈大。

「原來人類情急之下能使出那麼大的力量啊。我一時頭昏腦熱，失去了理智，撿起掉在腳邊的碎塊就朝著那傢伙的頭砸下去。然後那傢伙就這麼倒在地上。我跟姊姊對上眼，姊姊要我快點離開。我突然覺得好害怕，就順著來時路從後門逃走了。」

安田與高峰應該是在那之後才衝進現場的。

「回到家，我愈想愈害怕，躲在棉被裡渾身發抖。心想自己鑄下了無法挽回的大錯。我也很後悔丟下姊姊逃跑，後悔得快要死掉了。到了隔天，我又偷偷溜進鏑木醫院，發現兩個人都不見了……我當然完全想不到他們竟然是被埋在診療台的底下。所以當檢察官先生告訴我已經發現遺體的時候，我真的鬆了一口氣。」

實花慢條斯理地抬起頭來，臉上掛著如釋重負的表情。

「一直壓在我心中的大石頭終於可以放下了。」

「您願意隨我去檢察廳坦承這一切嗎？」

「我會去的。可是，我有一個請求。」

「我會盡可能滿足妳的要求。」

「我想見每個月送錢給我們的人。我希望能向他們道謝，這是我二十年來的心願。」

隔天，不破開始偵訊金森實花的事在地檢內傳開了，安田與高峰第一時間衝進他的辦公室。

「不破檢察官，實花真的是犯人嗎？」

高峰以幾乎要抓住不破衣領的氣勢問道，見不破默不作聲地點頭，整個人頓時失魂落魄。

「小春最後的那句話，原來是這個意思啊。」

「這下你滿意了吧，不破檢察官。」

安田毫不掩飾對不破的痛恨。

「我們賭上前程也要保護的人就這麼被你輕而易舉地推上斷頭台。都已經過了這麼久，竟然還要追究二十多年前的事，而且還是為了救姊姊的女孩。」

「從犯案時間來看，殺人罪的追訴期還沒有過。」

「你難道沒有一點同情心嗎？」

「安田調整官，別忘了你們之所以會落得這個下場，就是因為在公務中夾帶私情的結果。如果要保護金森小春的名譽，應該還有別的方式，但你們卻選擇隱瞞，這是最糟糕的做法。倫理應該擺在同情之前，你們卻不願意理智面對，任由自己感情用事。」

「這是在對我們說教嗎。連同情心都沒有的人沒資格說得這麼頭頭是道。」

「你們身上有必須被追究的責任、也有必須被懲處的罪行。」

或許本來就是喜怒形於色的人，安田氣得臉都紅了，大步流星地走向不破。

「等等，安田。」

一觸即發的剎那，高峰插進了兩個人之間。認為他要扮演和事佬角色的美晴鬆了一口氣，然而就在下一瞬間，高峰臉上浮現出不可一世的笑容。

「這是我的工作。」

話還沒說完，高峰的拳頭已經砸在不破的臉上。不破的臉轉向一旁，身體失去平衡。

「不破檢察官！」

美晴連忙想衝上去，卻被不破本人伸手制止。

「不好意思啊，不破檢察官。不揍你幾拳的話，我們實在沒有臉面對把妹妹託付給我們的金森小春。要告我妨礙公務還是傷害罪都無所謂，罪名隨便你安吧。」

安田似乎也沒料到事情會變成這樣，不知所措地呆站在原地。

不破努力站穩腳步，不讓自己跌倒。他用手按著挨打的地方，一臉平靜地重新面向他們。

「開始今天的偵訊。二位請坐。」

「不用和折伏檢察官他們一起嗎？」

幾天後，美晴一個人在新大阪站的月台送岬他們回東京。折伏等三人搭乘綠色車廂，只有岬是搭乘普通的對號座。

「和那群人待在一塊兒實在是讓我喘不過氣來。」

最後是由不破取得高峰竄改公文的供述。對最高檢派來的調查小組一行人而言，儼然是煮熟的鴨子飛了。而且原本還密謀想查明兵馬議員向荻山理事長收賄的證據，結果被大阪地檢特搜部的分隊舉發，搞得灰頭土臉，顏面盡失。這幾天都處於憤恨不平的狀態。美晴可以理解岬不想跟他們坐在一起的心情。

或許是想開了，依行賄罪嫌遭起訴的荻山理事長也不做垂死掙扎，主動提出願意全面協助特搜部調查。反而是兵馬議員比較沒有男子氣概，面對媒體的採訪攻勢，從頭到尾都不發一語，接受特搜部的偵訊時也徹底行使緘默權。另一方面，由於荻山理事長提出記載賄賂日期與金額的帳簿，眾人都認為要拿下兵馬議員只是時間的問題。只不過，金錢只交到兵馬議員手上，看來應該不會延燒到近畿財務局或財務省。比較投入的人員與得到的成果，只能說遠不如最高檢的預料。

在這樣的情況下，唯有與折伏他們保持距離的岬仍是一臉置身事外的瀟灑。他收到了美晴送的大阪紀念品，笑咪咪地向她道謝。

「雖然時間很短，但還是謝謝妳的照顧。」

「別這麼說，是我承蒙關照了。」

「請容我再說一次，不破那傢伙就是那樣，請不要拋棄他。」

「被拋棄的應該是我吧。不過，還真是意外呢。」

「你指什麼？」

「最重要的殺人命案，不破檢察官竟然決定不起訴。」

看在地檢相關人士的眼中，不破的決定非常妥當。他以湮滅證據的罪嫌起訴高峰、以背信罪起訴安田，至於田久保的命案則以犯罪嫌疑不足為由決定不起訴。

犯罪嫌疑不足的根據是無法證明造成田久保直接死因的腦挫傷與沾有實花指紋的碎塊之間存在因果關係。也就是說，無法斷定是不是那塊地板碎塊造成田久保的致命傷。也無法排除實花其實只是打昏田久保，而安田他們誤認他當時已經死亡的可能性。

再者，案發當時實花才十四歲。依照當時的少年法，如果要以殺人罪起訴恐怕缺乏正當性，法院可能不會受理。

如果沒有把握勝訴就不會起訴。這次饒是不破也只能放棄掙扎。

「就連傳說中的不破檢察官也不是百戰百勝呢。雖然對他不好意思，但看來不破檢察官也是人類啊。」

「惣領小姐，不是那樣的。」

岬露出惡作劇般的微笑。

「不起訴是不破檢察官的體貼。」

有那麼一瞬間，美晴無法理解岬這句話的意思。

「雖說是為了救姊姊，但終究殺了一個人。金森實花這二十年來大概都活在恐懼與後悔的陰影裡。但是在接受檢察官的問話之後，她應該多少卸下一點肩膀上的重擔了。有沒有受罰並不重要。罪行攤在陽光下、接受審判將淨化她的心靈。而不破檢察官執行了那個儀式。」

美晴終於懂了。

田久保的家屬想必不會舊事重提，從案情的內容來看，應該也不至於送到檢察審查會進行審查。

「……這個做法也太迂迴曲折了吧。」

如果要卸下實花肩上的重擔，一開始假裝沒看見不就好了嗎？

這時岬又笑著說下去。

「以他不夾帶私情、貫徹原則的做法，除此之外別無他法了。他並不是迂迴曲折，只是手法有些笨拙而已。」

這種笨拙，恐怕跟安田與高峰展現的俠義之氣是不同的存在。

「後會有期啦。」

岬最後留下這句話，身影就消失在車廂裡。

TITLE

能面檢察官的奮起

STAFF

出版　瑞昇文化事業股份有限公司
作者　中山七里
譯者　緋華璃

創辦人／董事長　駱東墻
CEO／行銷　陳冠偉
總編輯　郭湘齡
責任編輯　徐承義
文字編輯　張聿雯
美術編輯　謝彥如
國際版權　駱念德　張聿雯

排版　謝彥如
製版　明宏彩色照相製版有限公司
印刷　桂林彩色印刷股份有限公司
　　　紘億彩色印刷有限公司

法律顧問　立勤國際法律事務所　黃沛聲律師
戶名　瑞昇文化事業股份有限公司
劃撥帳號　19598343
地址　新北市中和區景平路464巷2弄1-4號
電話　(02)2945-3191
傳真　(02)2945-3190
網址　www.rising-books.com.tw
Mail　deepblue@rising-books.com.tw

本版日期　2024年5月
定價　399元

國家圖書館出版品預行編目資料

能面檢察官的奮起 / 中山七里作；緋華璃譯. -- 初版. -- 新北市：瑞昇文化事業股份有限公司, 2023.12
　320面；　14.8x21公分
ISBN 978-986-401-686-0(平裝)

861.57　　112017428

讀小說

Reading Novel